与你相遇如此幸运

维亚 著

中国华侨出版社

图书在版编目（CIP）数据

与你相遇，如此幸运 / 维亚著. —北京：中国华侨出版社，2017.6

ISBN 978-7-5113-6874-4

Ⅰ. ①与… Ⅱ. ①维… Ⅲ. ①随笔－作品集－中国－当代 Ⅳ. ①I267.1

中国版本图书馆CIP数据核字(2017)第138785号

与你相遇，如此幸运

著　　者：维　亚
出 版 人：方　鸣
责任编辑：安　可
封面设计：刘红刚
经　　销：新华书店
开　　本：880mm×1230mm　1/32　印张：9.25　字数：200千字
印　　刷：河北鹏润印刷有限公司
版　　次：2017年8月第1版　　2017年8月第1次印刷
书　　号：ISBN 978-7-5113-6874-4
定　　价：38.00元

中国华侨出版社 北京市朝阳区静安里 26 号通成达大厦 3 层 邮编：100028
法律顾问：陈鹰律师事务所
发 行 部：（010）82068999　　传真：（010）82069000
网　　址：www.oveaschin.com
E-mail：oveaschin@sina.com

很久之前我问 Z 先生：“你有多爱我？”
Z 先生想了想，很认真地回答：“像爱自己女儿那样爱你。”

我有过很多不切实际的想法，固执己见地做过很多事。
从来不分对错，也从来不管结果。
但是我知道，在懵懂的时间遇上对的你，穿越万千阻碍与你共度此生，就是我做的最正确的选择。

【第一章】

「Chapter One」

-01-

认识 Z 先生的那一年我十七岁，他二十二岁。

我总是仗着自己年龄小说他老牛吃嫩草，和我在一起他占了大便宜。

Z 先生每次都拿话噎我：“就你这样的，谁敢相信你才十七？哪棵嫩草长你这么老？”

我不服气地回嘴：“那我不管，年龄的事实摆在眼前！假如多年以后我变得又老又丑，要是有比我好看的小姑娘追你，我就告诉她：你算哪根葱？姐姐我当年十七岁就跟了钢哥，那时你还在吃奶呢！”

Z 先生听我这么说，乐得哈哈大笑。

-02-

陪 Z 先生回老家过年，他和他的两个表兄弟吃饭喝酒聊天，开怀畅饮，好不痛快。

喝到下半夜，他们几个都有些喝多了，表哥开始絮絮叨叨地夸赞自己女朋友多么好，多么不容易。

Z 先生有些微醺，举着酒杯，面带微笑听他讲完，顿了顿，认真地说："是啊！我的 W 也很不容易！她年龄那么小就跟我在一起了，自己就还是个孩子，却又为我生孩子。这辈子我认定了她，不管发生什么我都不会负了她。"

-03-

我问 Z 先生："为什么我现在越来越觉得自己素颜比化完妆好看，而以前却总觉得化完妆比素颜好看呢？"

Z 先生毫不留情地披露："不是没以前化完妆好看了，而是你现在的审美提高了……"

-04-

和 Z 先生在餐馆吃饭，我喝小米粥，他坐我对面。

我喝了一口粥还没来得及咽下去，这时突然想打喷嚏，但嘴里面有粥，此时咽下去已经来不及，大脑的运转速度跟不上身体的自制力，就在我琢磨怎么办的时候，还是没忍住，毫无预兆地对着 Z 先生把喷嚏打了出来，嘴里的小米粥直接喷了他满脸及上半身。

他被突如其来的状况吓得愣了两秒，想骂我又忍住了，默默拿起餐巾纸擦脸，我在一旁快笑疯。

–05–

家里来了不少亲朋好友，Z 先生不负众望地又喝多了。

Z 先生每次喝多后都会对我一个劲地表白、腻歪、撒娇，这么多年从未改变，而且酒醒之后，你要把他醉后的种种行为告诉他，他还死活不承认。

大我五岁的大男子主义超标准天蝎男，总是在喝醉的情况下变得像个孩子一样，又可爱又可恨。

Z 先生跟我撒娇，吧唧吧唧地亲我脸好多下，然后醉醺醺地问我：

“你知道刚才我是怎么亲的吗？”

“不知道。”

他突然特别兴奋地告诉我：

“我是带着节奏亲的，跟宝宝的玩具上唱的那首‘嘎、嘎、嘎嘎嘎，丑小鸭啊丑小鸭’一样的节奏，你有没有听出来？”

“……”

–06–

给小满喂饭的时候，总会不小心撒些饭菜，有时掉在桌子上，我看不脏就会立马夹起来自己吃掉。

时间久了，小满吃饭时只要看见桌子上、衣服上甚至是地上有饭菜，哪怕是一颗很小的米饭粒，她都会立马用她那小小的手指努力地拈起来，然后伸到我嘴边喂给我吃！

嗯……小满真是妈妈的节省孝顺乖巧的亲闺女啊！

-07-

我总是喜欢在Z先生面前表现出一副“娶了我是你祖上积德”的自信模样。

Z先生每次都偷笑，却从不反驳，配合着哄我开心。

实际上，和Z先生在一起这些年，我并没有为他做过什么大事，也没能在事业方面给予帮助。

只不过不管他做什么工作、赚多少钱、得过什么奖赏、受过什么挫败，我都无条件支持他，哪怕面试处处碰壁，Z先生已经心灰意冷，我也一直给他安慰与鼓励，从没埋怨过，也不会泼他冷水。

人都说成功男人的背后肯定有一个默默奉献的女人，Z先生并不成功，我也不是那种在背后操控一切的女强人。

我所能做的，只是他的一个小小支持者；不拿他和别人比，给予他理解和肯定，让他知道，在失望难过的背后，都会有我对他不变的坚信与守候。

-08-

有个 1998 年的妹子问我：

“姐姐，你才二十一就结婚啦？”

“是啊！”

“这么早结婚你不后悔吗？”

我笑了笑然后说：“为什么会后悔呢？要知道我嫁的可是最想娶我，同时又是我最想嫁的那个人啊！”

-09-

Z 先生是个特别勤快的人。我俩结婚后，每次到我爸妈那儿，我娘家的所有家务以及力所能及的事，根本不用说，都被他主动承包了！

他会把家里从里到外收拾一遍，整理得干干净净，一尘不染，比在自己家都勤快。

导致我妈现在胳膊肘往外拐，天天说我：“养你这个女儿啥用没有，在家里什么都不弄，多亏有个好女婿，可比你这亲闺女强百倍。”

-10-

半夜突发肠胃炎，疼得我一宿没睡，连带折腾得 Z 先生也没睡好，他一起床就主动照顾小满。

我忍着剧痛起来吃了药，但没有任何好转。去医院打完点滴，回家躺床上休息，到中午睡醒婆婆把特意熬好的粥端到我面前。

我躺床上不愿坐起来，跟 Z 先生撒娇让他喂。Z 先生端起饭碗二话没说一口一口地给我把粥喂完。

小时候生病，会有爸妈的细心照料，长大后离开父母，生病只能自己默默挺过去。

早已习惯独立坚强的我，在认识 Z 先生之后，仿佛变成了生活不能自理的白痴，粗心、懒散、愚钝、孩子气，越活越倒退，也越来越依赖他。

原本没有的臭脾气和坏毛病也被他惯了出来。

好像一朵温室里的花，从小在安全温暖的环境中成长，好不容易长大被移栽到外面的世界，还没来得及自己抵御危险艰辛，就被一个爱花的人带回家养在花盆里，从此接受他的悉心照料。

他会给足我爱和温暖，以及安全感，遇见他的那一刻我便知，这一生有他在，就什么都不怕。

-11-

翻看电脑里的老照片，看到以前我和 Z 先生的短信截图。那时我俩刚确定恋爱关系没多久，我用的还是他给买的诺基亚 5230。

那个手机不具备截图功能，看到 Z 先生给我发的那么多感人甜蜜的短信，我实在不舍得删除，于是想方设法给手机装上了一个截图软件，这才把那些短信保存下来。

06/27

宝贝，老公一定会照顾好自己。

因为我以后还要照顾你一辈子呢。

我要好好爱你……疼你……

06/28

宝宝睡着了吧！

我又失眠了，闭上眼睛都是你，刚才回来的路上经过那家烤面筋的小摊心里有种说不出的幸福。

和你在一起做的每一件事我都觉得很幸福……

我已经离不开你了，你闯进了我的心……

宝宝我爱你！

01/20

傻样，等我工作有点起色咱俩就结婚吧。

你老公哪有那么优秀啊！

家有贤妻夫不遭横祸，你挺不容易的。

01/21

我越来越觉得你就是陪我一生的人，

会和我结婚的人。

01/23

W，我爱你，真的爱你！

我就想让你每天都开心。

我一定要娶你做我 Z 的妻子。

宝宝你要开心，爱你！真想你早点回北京！

07/20

苦了谁也不能苦了我的 W 啊！

01/24

宝宝好好的啊！

听老公的话，什么也别想好好睡觉。

养白白，睡胖胖！

01/26

就是啊！

老公的钱都是你的啊！

以后宝宝什么都不干，天天给老公管钱啊！

我俩刚在一起时他会经常对我说一些甜言蜜语，后来那种腻人的话说得越来越少。我曾抱怨过他越活越呆板，也曾怀疑他是不是对我早已变心。可是他对我的种种付出表明，他从来都没变，他一直很爱我，只不过现在是把嘴甜的功夫，全部用在对我好的实事上。

好的爱情不是两个人每天腻在一起你侬我侬，而是当感情退去耀眼的光泽时，你依然待我如初。

甜言蜜语无须太多，陪伴就是最好的承诺。

-12-

Z 先生的手特别贱，总喜欢没事儿掐一下我胳膊，捏一下我肚子什么的……

他感觉自己没使劲，只是掐着玩，实际上被掐的我真的觉得特别疼，为这事儿我没少跟他吵。

有次 Z 先生趁我不注意又掐我，我直接气哭，他表哥过来跟我说："我们家人都有这个毛病，喜欢没事儿捅咕一下，说白了就是太稀罕对方，不知道怎么表达，我对你嫂子也这样，现在你知道怎么回事了就别生气了哈！"

所以 Z 先生，这就是你没事儿喜欢掐我的理由吗？

-13-

吃饭的时候我和 Z 先生聊天，聊起现在社会上有很多老人，老伴儿死了之后，儿女又忙着工作赚钱，身边连个说话的人都没有，生活特别孤单寂寞……

聊着聊着我的心情变得特别沉重，认真地跟Z先生说：“在我死之前，会跟小满交代好，让她给你找个合适的老太太跟你过日子，照顾你生活起居，陪你说话聊天，免得她工作忙想不到你，你一个老头儿怪可怜的！”

说完我被自己感动得够呛，这种心理多么伟大！多么无私！

这才是爱情啊！

本以为Z先生能被我这番话感动，谁知他坏笑着说：“这主意不错！到时让小满给我找个漂亮的年轻小妹儿，伺候我到死，你也能安息了！”

我气不打一处来，瞥了他一眼：“那不行！年轻小妹儿都是图你的钱，哪能真心待你？如果是这样我可不放心，还是等我死的那天把你也带走吧！”

-14-

和Z先生躺在床上安静地玩着各自的手机。突然间我肚子不舒服，酝酿了一下使了个劲，“噗”的一声放了一个又臭又响的大长屁。

Z先生立马放下手机看着我，贱笑着说道：“你说的啥？”

“……”

三毛说过：“爱情如果不落到穿衣、吃饭、睡觉、数钱这些实实在在的生活中去，是不会长久的。真正的爱情，就是不紧张，就是可以在他面前无所顾忌地打嗝、放屁、挖耳朵、流鼻涕；真正爱你的人，就是那个你可以不洗脸、不梳头、不化妆见到的那个人。”

我想 Z 先生就是那个让我可以不注意形象还爱我如初的人。

-15-

Z 先生有几个关系特别好的哥们儿，都是那种热心肠又搞笑的男生。

我刚怀小满没多久的时候，有次陪他去郊区跟哥们儿约饭。

那天他很高兴，喝了不少酒。

吃完饭已经半夜，哥几个见 Z 先生醉得路都走不好，加上我又是一孕妇，于是一起护送我俩回酒店。两三个哥们儿扶着 Z 先生走在前面，我跟一个哥们儿走在后面。

走着走着 Z 先生突然用力挣脱哥们儿的手臂，好像想起什么似的，摇摇晃晃地往我这边走，边走边说：“我媳妇儿呢？不行！我媳妇儿不见了！我得找我媳妇儿去！”

……

看着他醉醺醺的模样，我觉得又生气又滑稽，快速地朝他走去。可能是晚上吃得有点多，走着走着，我突然胃里一阵翻滚，加上孕初期本来就容易孕吐，于是没忍住跑到一边的垃圾堆吐得天昏地暗。

那天我穿的是双新鞋，怕吐出来的脏东西把鞋子溅脏了。于是叉开双腿，扶着墙壁，一边吐一边跺脚。Z 先生的哥们儿看见了，非常诧异：“咋？你这不跺脚还吐不出来啊？”

-16-

小满和 Z 先生的感情特别好，一天见不到彼此都特别想。

Z 先生有事外出没在家，小满一天没见到她爸，在家边找边念叨。

睡前 Z 先生打来电话，本来正在闹的小满听见她爸的声音立马不闹了，高兴得手舞足蹈。

好不容易将小满哄睡，看她睡得那么香，我躺在一边玩手机，这时小满翻了个身，闭着眼说了句梦话："爸爸！"

不就才一天没见面吗？你是有多想你爸啊小满？

睡着了都想着他、念着他！你爸爸要是知道，得感动坏了！

-17-

和 Z 先生在一起之后，他的所有资金就全部由我掌管。

每月的工资有多少算多少，他都会一分不少地主动上交给我。

每天出门向我要几十块零花钱，偶尔和哥们儿应酬或买东西什么的，回来会主动跟我讲清楚每分钱都花哪儿了。我自己喜欢什么东西直接买就行，不用跟他说。

虽然我俩没什么钱，但 Z 先生却一直努力满足我的所有喜好。

判断真爱的方式其实很简单：

没钱的愿为你花钱；有钱的可为你花时间；粗心的肯为你费心思；

懒惰的能为你洗衣做饭。

重要的不是他拥有什么，给你什么，而是他缺少什么，却能为你努力争取什么。

-18-

我对自己的普通话非常自信，因为我从小拼音就学得特别好。后来工作了，也经常听到别人赞叹我普通话标准，这点让我颇为自豪。

但是 Z 先生不这么认为，他刚认识我时就听出我普通话有个大漏洞—— n 和 l 不分。

因此他没事儿就拿这点取笑我。

Z 先生闲来无事也会根据我的普通话找乐：

“来！跟我说——牛奶！”

“流 lai（第三声）。”

“不对！是牛——奶！”

“流—— lai（第三声）。”

“完犊子！”

-19-

Z 先生认识我之前处过一个女朋友，不过他是被甩的那个。这段感情曾经把他伤得不轻，到后来我常常拿来挑逗他。

和大多数人一样，前女友绝对是恋爱中女孩最反感的问题！

Z 先生和我在一起之后，他的前女友总是频繁骚扰他，只不过每次他都直接无视，电话不接，短信不回。任凭对方不停地换着方法攻击，他都无动于衷。

我问他原因，他告诉我："只要你接了她的电话，哪怕只是说求你不要再联系我，她也会觉得不管怎么样至少得到了回应，那么她就会以为有机可乘，最好的方法就是当作没看见置之不理，联系不到迟早就会死心。"

我觉得 Z 先生这一点做得特别好，不管他的过去如何，至少在认识我的那一刻，他就主动和过去断得干干净净，不拖泥带水。

以至于我俩在一起时，我永远不会因此烦心。

我尊重他的过去，他尊重我们的未来。

-20-

和 Z 先生吵架，跟他耍了一天脾气，过了一会儿他主动过来哄我。逗了我半天，见我不搭理他，就气鼓鼓地说："天天说我对你不好，心里没有你！我要是心里没有你，能在你睡着的时候偷偷地给你揉腿按摩吗？！能在早上我给孩子洗澡、穿衣、喂饭，让你睡够了再起床吗？"

嗯……听完这话我就不生气了！再气下去就没脸了！

–21–

我公公婆婆特别惯着我，有多惯呢？

就是那种：大家都在吃饭的时候，我突然说要吃方便面，我婆婆会立马出去买，因为不知道我喜欢吃什么样的，会把每一种口味各买一个回来；我和 Z 先生吵架发脾气从来不用背着他们，因为不管是谁引起的，在他们眼里都是 Z 先生的错，永远都是帮着我一起骂他；得知 Z 先生的前任老是纠缠他，我那一向不发脾气的婆婆居然气得大骂："真不要脸！咋那么贱呢！真想挠死她！"

–22–

Z 先生是 1989 年的，但和同龄人不同的是，他思想老旧，闷骚。

不打网游，不追星，爱好看书、打台球、听评书、下象棋。

好像年轻人有的那点爱好他都不感兴趣，不管去哪儿，包里永远揣着本书，不看小说、鸡汤，只看历史文学、国学修养方面的书籍。

有段时间他曾研究过易经和书法。他爱看电影和听歌，也只看老电影、听老歌。

走在路上看到老头们围着下棋，他也要扎进去跟着看半天。

如果有天你在北京的某条路上，碰到一群老头下棋，围观群众中有一个看得聚精会神的年轻人，那个人多半就是 Z 先生。

–23–

微博上这两年很流行转发抽奖的活动，但是我从来没有参与过这些。

不是我对那些奖品不心动，而是我觉得我这辈子所有的好运，全部已经用在遇到 Z 先生并且嫁给他的这件事情上了。

–24–

Z 先生是那种心细又能为对方着想的人，我俩在一起之后，不管做什么事都以我为重。

曾经最穷的时候，我俩只有十块钱，我想吃泡面，让 Z 先生去买。

他不会买两盒泡面，我俩一人吃一盒，而是只买一盒给我吃，用剩下的钱给我买根肠、买个蛋，等我吃得差不多的时候，他才会吃我剩下的面汤，吃得狼吞虎咽。

那段时日虽然艰苦，但我至今想起都万分暖心。

爱是初见时的满心欢喜；是想起他时的蠢蠢欲动；

是不分昼夜的随叫随到；是难过时拥着你的肩膀和怀抱；

是不惜代价给予你想要的一切。

但对我来说，爱是在相互依偎的艰难岁月里，我永远都是你心目中的第一位。

-25-

工作闲余之际大家各自待着没事做，我不经意瞥见 Z 先生正在上网，于是屁颠屁颠地跑过去坐在他身边和他闲聊。

Z 先生一边和我聊天，一边随手翻看着自己 QQ 空间里的好友动态，无意间我看到他的一个好友的照片。这女孩长得可真漂亮，大眼睛，高鼻梁，巴掌脸，活脱脱就一个洋娃娃，我不禁感叹：“这是你朋友吗？长得好漂亮！”

Z 先生转过头看着我，意味深长地一笑，直截了当地说：“你要是化完妆，也用同样的角度拍，可比她好看多了！”

-26-

我一直都觉得不管恋爱还是结婚，大多数男人想要的都很简单。

可能是辛苦一天下班回家吃上你做的热腾腾的饭菜；

升职加薪或得到奖赏能够听到你的赞美与鼓励；

压力太大有心事时可以和你诉说谈心，寻求一丝安慰；

陪他做一些他感兴趣的事，哪怕只是看一场电影；

……

你不用多么优秀或完美，重要的只是你懂他，懂得他的一些喜好，懂得他内心深处的敏感。感知他、理解他、尊重他，陪他度过漫长岁月里的每一天。

-27-

半夜睡得正香，突然听到 Z 先生特别用力地磨牙，憋着劲用力地哼唧，好像很生气的样子……

我被他吓了一跳，干脆使劲地踹了他一脚，于是他没再哼唧接着睡了。

早上 Z 先生一睡醒就特别紧张地跟我说：“我做梦梦到你被坏人毁容了！气得我要过去杀了他！恨死我了！”

好生气哦！梦到什么不好？偏偏梦到我毁容，本来长得就不好看……

-28-

这些年我亲眼见证了 Z 先生从一个朝气蓬勃的阳光男孩，变成了满是沧桑且日渐消瘦的坚强男人。

这种最明显的变化让我于心不忍，我甚至都不敢翻看他过去的照片，心疼与心酸不知如何表达，我们相爱，相互依靠，都是为了最爱的家。

对男人来说，最好的爱莫过于给自己的女人和孩子一个富足的生活环境。

对女人来说，最好的爱是，哪怕一无所有，但有颗愿意为你付出的心。

这辈子我从不羡慕谁，从不嫉妒谁，从不崇拜谁，我想要的我都已得到。

此生我不求他大富大贵，只愿他能够平安健康。

–29–

把小满哄睡，Z 先生轻轻地躺在我身旁，我背对着他，他贴着我后背抱着我说:“抱一抱我的大宝贝。”

我笑了笑没说话，Z 先生又自言自语道:“我有两个宝贝，一个大宝贝、一个小宝贝。”

–30–

遛弯的时候，Z 先生抱着小满，我把脸凑过去跟小满说:“亲亲妈妈。”

小满赶紧噘着嘴亲了我一下，我夸了夸她，接着又说:“亲亲爸爸。”

小满转过身在 Z 先生的脸上亲了一下。

我和 Z 先生高兴地一起分别亲了她的左右脸。谁知小满突然用手努力地把我的脸往 Z 先生的嘴边推。

原来她是想让 Z 先生也亲亲我，于是 Z 先生赶紧亲了我一下，小满看着我俩笑开了花。

有小满之前，我总是害怕她会搅乱我和Z先生原本安定的生活。有了她之后，我才发现，她的到来不仅没有给我们的感情造成任何影响，反而为我们现有的生活增加了更多的乐趣。

老天一定很眷顾我，才会让我遇见命中注定的Z先生之后，又赠予我一个可爱善良的小天使。

-31-

Z先生的硬盘里保存了很多他十七八岁时的照片，摆着各种冷酷的姿势，梳着杀马特的发型。对那个时代来说，这些照片青春洋溢，时尚潮流。但在如今看来真是土得惨不忍睹，每次看他的那些照片，我都直呼辣眼睛。

因此Z先生从不让我看那些照片，甚至都不能在他面前提起，因为他自己都觉得不忍直视。但我却喜欢趁他不在家的时候偷偷翻出来看，一边看一边哈哈大笑。

有时Z先生惹我生气，我也会当着他的面故意找出他以前的照片，然后一个劲地挑逗他、取笑他，这么多年这个哏从来没有玩腻过。

看着Z先生气急败坏又无可奈何的样子我都觉得特别痛快！

-32-

为了让Z先生工作完，回到家就能吃上香喷喷的饭菜，同时这些饭菜得保证小满能吃，且营养均衡，我真是煞费苦心地想菜谱。通常早上睡醒就在想今天给他们做什么。

虽不能保证山珍海味，但至少色香味俱全，且每天不重样。

每次看他们爷俩吃得津津有味，也总算不辜负我一片真心了……

人生最幸福的事莫过于，下班之后，有个心爱的人早已做好满满一桌饭菜在家等你回来。

这些看似不起眼的小事，对任何人来说都算一种温暖的壮举吧。

为了 Z 先生，我愿意这样做一辈子，日复一日、年复一年。

-33-

Z 先生第一次吃鲜芋仙的时候我还没听说过那玩意儿。

有天我俩在南港逛街，他死活非要买一份鲜芋仙让我尝一尝。

我端着碗坐在路边的花坛上吃得津津有味，Z 先生看着我突然跟我说："媳妇儿，每次我在外边吃到好吃的东西的时候，就想着下次一定也要买给你吃，让你尝尝，上次吃鲜芋仙时我就想下次一定要带你吃。"

我没喝过最烈的酒，没见过最美的风，没听过最悦耳的声音，没吃过最好吃的食物，但我深爱着最深爱的你！

-34-

真的很幸运，找了一个婚前婚后态度始终如一的老公。

比如情人节，婚前不过，婚后依然不过。

情人节礼物，婚前没有，婚后依然没有。

自始至终，从未改变。

Z 先生是个超级不浪漫的人，在一起这些年，他从来没有为我设计过任何惊喜，也没有为我准备过什么小礼物，大束的玫瑰、精致的礼品，或者浪漫的烛光晚餐，我一次都没有体验过。

每逢过节或者纪念日，都是干净利落的一句话：“钱都在你那儿，喜欢什么自己去买吧，不用跟我说。”所以我经常会因为他的呆板无趣而生气。

既然他不会主动送，那我找他要，让他买给我也好，有时我会告诉他，我想要玫瑰花，他会说：“要那有啥用，过两天就死了。”

或者我想要一个超级大的娃娃，他又说：“放在家里占地方，还落灰。”

……

总之他会用那些严肃的直男定理成功打破我塑造的童话梦，在 Z 先生的理念中，那种小女孩喜欢的浪漫物件都是最没用的，与其花钱买那些，倒不如买件衣服实用。

以前我总抱怨他的死板不浪漫，可是在一起这么多年，我逐渐明白，爱情不需要玫瑰和礼物的装饰，需要的只是那些看似无聊，但却真心的陪伴。

当感觉、热情和浪漫统统拿掉之后，还能像往日一样珍惜对方。

-35-

有时我真觉得Z先生的情商特别高。

我俩逛街，迎面走来一美女，擦肩而过之后我问他："我和刚才走过去的那个女孩比谁更好看？"

他会装作一脸茫然的样子说："谁？刚才有美女经过吗？我没注意啊，我眼里只有你！"

或者每次闲来没事我故意问他："老公，你嫌弃我胖吗？"

他的回答都是："你一点都不胖啊！"

绝对不会上当说不嫌弃。

-36-

看到网上很多情侣因为对象认妹妹（姐姐、哥哥、弟弟）而生气吵架，联想到Z先生连一个异性朋友都没有，我深感庆幸。

开玩笑地问Z先生有没有认过姐姐妹妹。

他特别厌恶地说："从来没有，什么认哥哥、认妹妹的，说白了就是变相的搞破鞋！"

Z 先生这话话糙理不糙！看到他和我有着同样的想法我也就放心了。

总之在看待同一件事物时，不论这件事物好坏，你们两人的出发点是相同的，眼光也能达成一致。

不管别人怎么看，至少你们两个人没有分歧，并且都能为对方和自己产生共鸣而感到高兴。

-37-

Z 先生知道我爱玩手机，所以每次我俩闹矛盾他都喜欢把我手机藏起来，让我找不到干着急，他在一旁欣赏自己的劳动成果。

有天我俩吵架，他又把我手机藏了起来。我找了好久没找到，气得我把 iPad 也藏了起来——不让我玩手机，我也不让你看《水浒传》。

结果是 Z 先生先沉不住气，主动认输并归还手机。

我守信地把 iPad 拿给他以后，他见我还生气，亲了我一下跟我撒娇道歉："对不起！我错了！别生气了！"

我不理他，他剥好一颗糖趁我不注意塞到我嘴里，接着给我捏肩捶背……

好吧！Z 先生，看你这次表现不错，暂且饶了你，不过下不为例！

-38-

我俩以前也总吵架，但不同的是，每次不管吵得多么凶狠，多么不可开交，超不过两小时就能和好。

总是冷战一小会儿之后，彼此默契地对视一眼，然后“扑哧”一下笑出声，好像刚刚发生的事特别无厘头。

有时我会接着黑下脸继续生气，Z 先生也会用各种办法把我重新逗笑，让我想在他面前高冷一会儿都不可能。

在我看来，感情中最可怕的不是争吵，而是冷战。

至少吵架的时候两个人都能够把自己的观点表达出来，从而发现问题并改正。可冷战不同，你不主动找我，我也不主动理你，各自憋着一肚子委屈，谁都不愿意开口，感情自然而然受到影响，很多恋人就是在这样的情况下不欢而散的。

遇见一个相爱的人多么不容易，生活总有不愉快的磕磕绊绊，出现问题共同解决，要好过彼此冷战互不相让。

不要等到深爱的人离你远去，才发现在一起时就算吵架也是幸福的。

-39-

和 Z 先生聊天说起我大姨，我说：“我大姨属于懒人有懒福的那种，长得不好看，身材不好，学历不高，赚钱不多，但是嫁了一个会赚钱对她好的好老公，家里人都说她幸运。”

Z 先生反问：“你呢？”

我看着他，笑着回答：“我觉得我也是懒人有懒福啊！”

他突然声音一低轻轻地说：“可是我还没有让你享到福。”

Z 先生不知道，对我来说，他就是我最大的幸福，拥有他就像拥有了全世界。

-40-

早上起床发现桌上有盒“白色恋人”，惊讶地问婆婆从哪儿来的。

婆婆说是隔壁阿姨送的。

早听说“白色恋人”好吃，但之前一直嫌贵没有买，于是我像个孩子似的抱着饼干开心地跑去告诉 Z 先生。

打开一尝确实不错，Z 先生见我爱吃，吃了一块说什么也不吃了。

知道我舍不得吃，他就把包装打开，一块一块地喂到我嘴边说：“别舍不得，吃完再买，一定让你吃个够。”

-41-

Z 先生很喜欢研究古典文学，一部好的作品，他能够反复观看，不厌其烦。

最近他又迷上了《水浒传》，抽空就看，一点也不闲着。

我问他：“《水浒传》你都看几百遍了，有啥好看的？看不够啊？”

Z 先生轻蔑地回答：“你懂什么？每重新看一遍，都会有不同的感受，不一样的收获。”

……

好吧！文青的世界我不懂！

–42–

Z 先生是标准的天蝎男，想听天蝎男的心里话只有一个办法，把他灌醉，听他酒后吐真言。

虽然我不太信星座，但 Z 先生这个特点却和星座描述的一模一样，他有什么话喜欢放在心里不说出来，可每次喝醉之后，就会不停地跟我说，连内心深藏的秘密也都毫无保留，一吐而尽。所以我特别喜欢在他喝醉之后和他聊天，因为那时我总能轻松地了解他的真实想法，也常常被他酒后的话感动得一塌糊涂。

我还记得有次他喝醉之后抱着我说：

“我爱你，也爱你爸你妈还有你弟，他们也是我的爸妈和弟弟。你弟现在年龄小，但时间过得很快，他很快就会长大，爸妈身体不好，我会努力赚钱，等你弟长大之后，我能帮衬到他，爸妈也能歇一歇……”

Z 先生在说这些话的时候，神情很严肃，一字一句，说得清楚认真。

当我还沉浸在我们俩甜蜜的二人世界里的时候，他就已经把我和我的家人划进了他的未来。

以前我总在想“爱的最高境界是什么？”

是毫无保留的付出？

是不计较的包容谅解？

是不忘初心的相依相伴？

这些都不是，爱的最高境界是爱你的同时也爱你的家人，是规划未来的时候，会把跟你有关的一切都划进去。

-43-

Z 先生的学历不高，但他厉害之处在于，可以不分年龄段地跟人谈古论今，说文学谈艺术，哪怕他都没学过，也能聊得畅快淋漓。永远不会冷场词穷，还能说得头头是道。

我俩结婚头一年，他跟我去我姨姥爷家拜年。我姨姥爷是那种特别喜爱琴棋书画的人，平时没事就研究京剧、国学什么的。吃饭的时候我姨姥爷很热情地让 Z 先生坐在他的身边，从动筷到结束，整个饭桌上只剩他们两个人，还在那儿聊得不亦乐乎，不管我姨姥爷聊京剧、乐器、书法、国学，还是诗词歌赋，Z 先生全部能够接上茬说出一二，表达自己的观点的同时，而且说得有理有据，因为这些东西也是 Z 先生平日里喜欢研究的东西，这让我姨姥爷相当佩服。

1989 年的 Z 先生居然对这些东西了解得这么透彻，关键他的学历不高，完全看不出年纪轻轻却懂得这么多。Z 先生丝毫没有骄傲不屑的神情，反而很谦虚很低调地畅谈，这让我姨姥爷不住叫好。

好像这么多年终于遇到一个兴趣相投的知音，还是忘年交的那种，于是他总是忍不住一个劲地称赞 Z 先生，还跟我说道：

“W！你可真是打着灯笼找到的这么好的老公啊！”

Z 先生坐在一边看着我笑得特别得意。

–44–

Z 先生有点感冒，我给他冲了两袋感冒冲剂，亲自看着他喝完我才放心。

突然想起，我和 Z 先生每次生病难受得要死，宁愿硬生生扛过去也懒得自己找药吃，但是只要发现对方生病，或者有要生病的苗头，就会麻利地亲自给对方把药准备好，再盯着对方把药全部喝完才行。

真是对待自己都没有这份耐心……

有时想想觉得人生真的很奇妙，我们原本是两个互不相识、毫无关系的陌生人，却在某一天变成彼此不可缺失的另一半。我怀揣一份炽热的心，在乎他，关心他，照顾他，陪伴他，用尽一切方式对他好。

他开心，我比他要高兴；他难过，我比他要痛苦。

从踏入彼此内心的那一刻，我们就已合二为一，相依为命。

–45–

我跟 Z 先生开玩笑：“你看我现在多会省钱过日子，护肤品都不舍得大把涂，一大瓶化妆水恨不得够我用一年的了。”

Z 先生立马就不乐意了：“老子娶你不是让你给我省钱的！是让你给我花钱的！”

真是一秒变身霸道总裁！

-46-

公公婆婆特别热情好客，我和Z先生恋爱第一年，他从老家回北京的时候带了很多好烟好酒，一问才知道，是公公婆婆让他带给我爸妈的。

可惜那个时候我根本不敢让我爸妈知道这件事，这些烟酒也就一直搁在家里。

没想到第二年他再从老家回来的时候，又带了一些别的贵重礼物。

公公婆婆的心思细腻，做什么事都会想着我们。

我第一次去东北跟他们生活几天之后，他们便弄清了我的喜好，知道我爱吃什么，家里长期备着，后来我们回北京，他们没事儿就从老家给我们邮寄爱吃的土特产。亲戚朋友送给婆婆的礼物，婆婆不舍得用，全部留给我。

后来我和Z先生结婚，我爸妈去东北两回，每次回家包里都塞满了他们准备的礼物。

我娘家有什么困难，只要一句话，婆家就会马上想办法帮忙。

这些年，婆家从来没有亏待过我和我的家人。

身边的亲朋好友对我的婆家更是赞不绝口，都说我掉到福窝里去了。

-47-

自从有了小满，我爸的重心全部偏移在小满身上，脾气向来暴躁的他，却总有十足的耐心哄小满。

小满要是不舒服哭闹一下，简直就跟要了我爸命似的。最近带小满回婆家，我爸隔三岔五地打个电话了解小满情况，而且末了都会警告我一句：

“我先告诉你！小满要是哪儿没照顾好！你当心我揍死你！”

说好的我才是爸爸一辈子的小公主呢？

-48-

小满每天早上六点就醒，睡醒必须起床。

Z 先生就会顶着刚睡醒的蒙眬双眼，麻利地从被窝里钻出来给小满穿衣、洗脸、喂饭，我则在被窝睡到自然醒。

今天早上六点半我被肚子疼醒，立马起床穿衣拿卷纸就往厕所冲，Z 先生看着我着急忙慌的背影说：

“这一看就是被憋醒的，不然这个点肯定不能起！”

-49-

我是个做事独立性很差的人，不管干什么，总喜欢依赖别人去完成，包括带孩子也是如此。

Z 先生愿意惯着我，只要不工作休息在家，就会主动承担所有家务及照顾孩子。这样不仅合了我的心意，而且给我腾出时间做自己喜欢的事。

平时一手抱着小满一手拎着大小包且毫无压力的女汉子，在 Z 先生面前，瞬间变成一个连瓶盖都拧不开的柔弱软妹。

而且 Z 先生向来心细，家里大小事他都会处理得极好，根本用不着我操心。

有时想想，人的一生总要经历很多事，遇到各种各样的难题，碰到形形色色的麻烦，这个时候，有个体贴温暖的人，为你排除万难，遮风挡雨，而你只用静静地等待，实属莫大的荣幸。

-50-

Z 先生喜欢在我张大嘴巴打哈欠的时候，迅速把他的手指伸到我嘴里再马上拿出来，看到我哈欠打到一半憋在那儿难受的样子就特别开心，屡试不爽……但是今天早上我刚睡醒，张大嘴巴准备打哈欠的时候，他居然快速往我嘴里塞了颗象棋……象棋……棋……

–51–

看了一眼微博评论，我害羞地告诉Z先生：

“老公，有粉丝说咱俩的爱情有点像袁湘琴跟江直树！”

没看过《恶作剧之吻》，对俩主角毫不知情的Z先生一脸懵懂地看着我。

我言简意赅地给他解释了一下，Z先生听后毫不留情地说：

“人家那是电视剧里的浪漫爱情，而你说白了就是一屌丝逆袭！”

–52–

遇到一个对的人，恰巧彼此深爱，这是一件多么不易且幸运的事，正因如此，更应该好好珍惜，千万不要没事瞎作瞎闹！

好的爱情是建立在相互理解基础之上的，如果总是斤斤计较一些不重要的小事，只会让对方压力倍增。

之所以觉得不幸福，无非是追求太多、欲望太深。

知足者常乐，珍惜眼前，活在当下才是最重要的。

–53–

Z先生从我的后背伸出胳膊抱住我，温柔又略带遗憾地感叹一句：

“唉！等以后有一天你没了，我再也不能抱你了可怎么办？”

我：“……”

–54–

跟婆婆一起在市场买菜，我看了一圈疑惑地问：

“怎么没看见哪儿有卖西芹的？我想买点西芹回家给Z做着吃，他不吃普通的芹菜。”

婆婆一边挑菜一边淡定地说：

“你喜欢吃什么菜就买什么菜！一切以自己为主，不用管他，一天天地给他惯出了各种臭毛病！”

–55–

Z先生总是习惯半夜熟睡的时候迷迷糊糊地摸一摸身边的我，摸几下确定我在，再把手臂搭在我身上才安心地接着睡。

就在刚才，Z先生睡得正熟，突然抬起手很温柔地揉了揉我的头发，我还没反应过来他就已经伸出胳膊环住我，把我揽着使劲往他怀里蹭，然后紧紧地抱着我……

我赌五毛钱，明天早上跟他说这事他绝对不承认。

–56–

因为一件小事跟 Z 先生发脾气，他耐心哄了我很长时间，我心里早已不在意，但表面还是装出一副很生气的样子。

这时 Z 先生趁我不注意把我扑倒在床上紧紧地抱着我，我一边假装极力挣脱一边冲他嚷嚷：“你走开！别碰我！”

Z 先生邪魅一笑把我抱得更紧了：“别忘了，你现在可属于我个人的私有财产！”

–57–

我爸做生意忙，几百年不给我打一个电话过来，一般都是我打给他，刚才难得主动打给我，询问小满的状况，待我详细汇报以后我爸总算安心落意，顿了几秒钟，认真又略带嫌弃地对我说：“你天天少吃点！减减肥！长了一身肥肉膘！”

……我肯定不是亲生的！

–58–

一觉睡到自然醒，穿好衣服走出卧室，看见 Z 先生在哄小满玩。见我出来，Z 先生看着我说：

“孩子脸洗完了，衣服换好了，水也喂了，我正准备给她喂饭，看你睡得香就没打扰你。”

阳光透过玻璃均匀地洒在他的头发上，映射出的模样格外温馨。

我曾幻想过种种美好的婚姻生活，可Z先生给予我的完全超出想象。

那些微小的幸福让我感觉自己好像活在梦里，美好得有些不切实际。

真爱是一种发自内心的关心与呵护，不是柔情蜜意的言语修饰，也不是华而不实的表面功夫，它会通过一言一行、点点滴滴，让你亲身感受到，平淡而坚定。

–59–

Z先生喜欢妮琪·米娜那种大胸细腰肥臀，或是日系那种表面看起来清纯的女人，而我除了胸大其他全不沾边。

同样我对深眼窝、高个子、坚实肌肉的欧美大叔毫无抵抗力！

特别是有络腮胡的那种！

Z先生除了身高和身材比较接近，其余也不沾边，而且他留胡子的样子特别丑。

我以前总纳闷，我俩都不是对方心目中男（女）神的形象，和幻想的梦中情人差了十万八千里，怎么就风平浪静地过了这么多年？

后来我才明白，哪有爱情是天生一对的？

真正的爱情不是你遇到了心中所想的他，而是他没有长成你爱的样子，你却为他动了情。

-60-

之前说过 Z 先生总喜欢没事掐一下我胳膊、捏一下我腰，以此表达他对我的喜爱之情。

刚才 Z 先生趁我不注意又掐了我一下，直接给我气哭，婆婆放下手中的活儿，过来一边哄我一边愤愤地给我出主意：

“别搭理他！下次他再敢掐你，你就使劲抽他一个大嘴巴子！抽狠点的！看他还敢不敢手贱！”

-61-

我接触过形形色色的小情侣，各种条件、各种年龄段的都有。

我把他们当作朋友，听他们讲述他们经历的爱情故事，从而感叹人生，总结经验。

很多失恋的小情侣喜欢跟我诉苦，我告诉他们：

在一段失败的感情中，与其为了重归于好而委曲求全，不如用这些时间和精力去提升自己，多看有意义的书，把自己擅长的专业做到极致，接触高品质、正能量的人。

不为别人，只为自己，当你发现自己变得越来越优秀，所有不好的过去都将变得不值一提，你会感谢那段糟糕的经历，因为它成就了如今优秀完美的你。

-62-

闲来没事整理衣柜，发现以前最胖的时候买的两个文胸加长扣，我没有多想，顺手就把它们收起来放进了抽屉里。Z先生目睹了整个过程，盯着加长扣不紧不慢地说："这俩玩意儿还留着干啥？你是想以后再胖一圈的时候，还能安上接着用吗？"

-63-

晚饭后我和Z先生带小满去广场遛弯，到广场之后，小满在旁边玩，我和Z先生在一边打闹。

Z先生趁我不注意，突然伸脚一绊，然后抱着我胳膊，想把我放倒在地上，眼看着自己要摔了，于是我一把抱住他的大腿，万万没想到，他突然入戏，大声说："你以为这样我就会心软？想都别想！你做这种事就别想求我原谅！"

于是所有路人纷纷停下脚步疑惑地看着我……

Z先生，你的戏真是太多了。

–64–

和Z先生带着小满在外遛弯，Z先生抱着小满走在前面，我默默地跟在他们父女俩身后。

小满在Z先生的怀里玩耍嬉闹，不停地用自己的小手使劲地拍打他的脸，Z先生被打得睁不开眼，一边假装躲避着，一边温柔且认真地对小满说道：

“小宝贝不能打爸爸啊！这辈子除了你妈妈，爸爸最爱的就是你了！”

–65–

前几天跑步不小心把脚扭伤，好几天一直没见好。

由于我太懒，宁愿疼着也懒得抹药，然后Z先生就抽空主动抬起我的脚给我抹药按摩，按了两三天感觉没什么效果，脚还是很疼……

于是Z先生又给我买了口服的药让我吃，睡前他帮我把水倒好，药准备好，我又犯懒躺床上不动弹，不愿吃。

Z先生立马急了，一个劲催我骂我，我一看苗头不对他要发火，于是赶紧麻利地坐起来吃药，Z先生亲眼盯着我把药吃完以后，生气地说了一句：

“就知道气我！”

我在一旁嬉皮笑脸地跟他乐，心里却想：真是典型的天蝎座，刀子嘴豆腐心！哈哈！

–66–

今天心血来潮化了个妆，打扮得美美的和婆婆一起包包子，Z 先生走过来看了我一眼说:“化得跟蜡笔小新似的。”

我假装有些生气，正要反驳他，却不知道哪根筋搭错了，直接回手给了他一个大嘴巴子！不轻不重，但也打得“啪”的一声。

打完我就傻眼了，气氛瞬间凝聚在那一刻，我有点尴尬，愣了几秒看见 Z 先生因为丢脸了准备发火，于是赶紧嬉皮笑脸地赔礼道歉:

“对不起！对不起！我不是故意的！”他瞪了我一眼欲言又止……

婆婆不停地擀着面皮，头都没抬一下，淡定地说道:“爱美是应该的，本来就应该趁现在年轻多臭美，不然到我这岁数想臭美都没招了。”

婆婆竟然无视了刚才这一幕，好像一切都没有发生，挨打的不是她儿子。

–67–

两年前的一天我在家收拾屋子，无意间发现 Z 先生写的一篇日记，很长一篇日记都在表述他很想老家、很想父母，以及怀念快乐的童年时光，整篇日记除了父母没有提及任何人，却在最末了突然写了一句:

“还有，蚊子哥，我爱你。”

看到最后一句话的时候，我内心一怔，莫名的感动穿透全身。

只是简短的一句话，却让我深刻感受到自己在他心目中的地位，一瞬间整颗心都被充足的安全感灌满。

他是一个心思很重的人，他的心里有很多秘密，所有深爱的都是秘密，没说出来的，写在日记里的，都是他不愿告诉别人的心事。

他喜欢把自己内心隐藏得很深，不习惯展露给外人，那些所爱所憎所思所想，像是一片汪洋的大海，无边无际。

我划着一艘小艇想要深入海底去探寻，却始终看不见底，只是我知道，在海底深处有一片最纯净柔软的地方，在那个地方，有个位置是他为我建造的。

–68–

听歌的时候 FM 突然蹦到田馥甄的《寂寞寂寞就好》：

……

我寂寞寂寞就好，

这时候谁都别来安慰拥抱，

就让我一个人去痛到受不了，想到快疯掉，

死不了就还好。

……

仿佛一下子回到六年前：

那时的我日子过得孤单又冷清，每天下班回到空荡荡的出租屋，没有电视可以看，没有人可以聊天。

一个人随便吃点外卖，简单收拾完屋子，关上灯，屋子里漆黑一片，只有手机屏幕发出的微弱的光，某天躺在床上循环播放那时最流行的这首歌，听着听着压抑在内心许久的所有负能量瞬间倾泻而出，握着手机哭得不能自已，却在最难过的时候突然收到 Z 先生打来的电话，这是我们之间的第一通电话……

我不知道手机对面的他在想些什么，也不知道他是鼓足了多大勇气才给我打的电话，我只知道看到来电显示的一瞬间，我整个世界的灯都亮了，那种难以言表的激动心情，我一辈子也不会忘记。好像从我认识他的那天起，他总会在我最需要依靠的时候出现在我的身边。

没有任何征兆，没有任何预告，像是命中注定一般。

那时的我怎么也想不到，从此我的人生会变得这么精彩……

【第二章】

「Chapter Two」

-01-

虽然对很多人而言“一见钟情”这种说法好像很不写实，由此而生的情感在大多数人眼中都是不被看好的。

但戏剧化的是，我与 Z 先生的感情却建立在这个基础之上。

我不知道 Z 先生从什么时候开始喜欢我的，但是当我见到 Z 先生的第一眼时，内心就有一种不言而喻的好感，这种莫名的好感像一颗小小的种子，在初始的那一刻，就已经悄悄埋进了我的心底。

甚至那个时候我连他叫什么名字都不知道，就有一种想要和他私订终身的冲动。

后来我和 Z 先生逐渐熟识，终于不再那么生分，心中的种子也按捺不住想要破土发芽，那些不明就里的好感，直接演变成强烈的爱慕。

我虽不敢表露自己的真心，但也不像别人暗恋时那般小心翼翼。

没勇气戳破，却不肯放弃；不会主动出击，又不愿坐以待毙。

只好揣着那颗蠢蠢欲动的心，故意找借口，试图有意无意地接近他……

-02-

为了工作方便，我和Z先生互相交换了自己的手机号，但是我们从来没有在下班之后给对方打电话或发短信闲聊。

有天半夜我因为一些事情哭得很凶，正难过的时候Z先生的电话却突然打了过来。

这是Z先生在工作之余主动给我打的第一个电话，虽然不知目的何在，我还是赶紧调整情绪接通了电话。

电话一接通，Z先生好像听出我有些不大对劲，故意问道：

“怎么着？刚哭过啊？”

我默不作声，见我不理他，Z先生接着说：

“哎呀！哭什么啊？！有什么好哭的？！赶紧起床尿个尿，接着睡！”

我一听这话，忍不住“扑哧”一下笑出声，嗔怪道：

“有病吧？大半夜给我打电话就是为了叫我起床尿尿？”

“不是啊！我就是突然想起你，想知道你在干什么，所以给你打了个电话，既然没什么事那你早点睡觉吧，明天还要上班。”

……

从那以后，每天夜里Z先生都会主动给我发短信打电话闲聊，日日如此，从不间断。

后来我们一起搬到公司提供的宿舍住，哪怕我与他只有一墙之隔，睡觉之前他也必须跟我发短信聊会儿天才行。

我从刚开始的毫不在意，直接演变成每天睡觉前都紧握着手机焦急等待着他的电话短信，哪怕只是简单的闲聊，为数不多的几个字，也足以让我完结一整天的好心情，拥着满满的幸福感沉入梦乡。

-03-

刚认识 Z 先生的时候，他给我的印象一直是文质彬彬、温文尔雅。

可后来时间一长，我对他越来越了解，才发现他和我想象中那般绅士的样子有一定的偏差。

虽然 Z 先生本人很含蓄礼貌，大方文雅，身边人对他都是一致的好评与赞赏。

但和我相处时，他在保留这些优点的基础上，又会从骨子里隐隐约约透露出些许痞贱的气质。

他总喜欢时不时地做一些让人意想不到的恶作剧，把我气得哭笑不得之后，再在一旁“欣赏”着自己的杰作。

比如：

我走路的时候，他会趁我不注意突然伸脚把我绊倒，在我快倒下去的那一刻再伸出胳膊一把抱住我，然后装作很轻松的样子坏笑着说：“想对我投怀送抱也不用这样啊！？”

Z 先生是个台球高手，我却对台球一窍不通，每次聚餐之后他们都习惯去台球厅戳几杆，由于我不会，只好在一边看着他们打，怕我无聊，加上我自身又很想学台球，Z 先生就主动请缨做我的老师，教我打。

他站在我的身后紧贴着我的后背，手把手教我如何架杆，如何用力，如何击球，偶尔运气好的时候打进一个，我就高兴得又蹦又跳欢呼雀跃，这时 Z 先生则在一边故意大声说道："宝贝儿真棒！"每每这个时候我都羞得满脸通红，表面上假装生气教训他，实际上内心乐开了花。

Z 先生开始频繁约我出去吃饭，为避免尴尬，还会叫上另外两个关系比较好的同事，吃饭的时候他偏要挨着我坐，大家喝得畅快淋漓的时候，他却突然把脑袋靠在我的肩膀上，我吓得一激灵，赶紧一把推开他，他不但不起开，反而更加得寸进尺，跟小孩子撒娇似的，脑袋在我肩膀上不停地来回蹭，我推开他他靠过来，我再推开他他再靠过来……

整个吃饭的过程我跟他就这么不停地边吃边聊边推搡。

另外两个同事含蓄地笑着目睹这一切，彼此心照不宣。

–04–

Z 先生是标准的东北爷们儿，操着一口浓郁的东北腔，却又少了很多东北口音特有的大碴子味儿。

起初我对东北人并不了解，但总觉得东北话特别有趣，没事儿我就缠着他听他讲东北话，他说话好听，我听得入迷。

最开始我们都互相称呼对方全名，后来他便自主对我改了称谓，也不管周围有没有其他同事，便每天跟在我屁股后面用熟悉的东北话“老妹儿”长“老妹儿”短地叫着。

整个公司那么多人，他只对我一人这么称呼。

从此“老妹儿”成了我在他口中的第一个专属昵称，这个词甚至成了他的口头禅。

后来有一天上班的时候我来大姨妈肚子疼得厉害，实在扛不下去就被经理送回了家，那天 Z 先生在外工作，对这件事一无所知。第二天听同事跟我说，Z 先生回到公司，刚进屋就开始满屋子转悠好像在找什么，在公司转了一圈之后，很疑惑地问同事：“我老妹儿呢？”

同事刚开始没反应过来，愣了一下，马上心领神会，然后把我肚子疼的事情告诉了他……

同事说得轻描淡写，我却听得满心欢喜，这是我第一次真真切切感受到自己对 Z 先生的重要性。

对于一个暗恋的人来说，得知自己喜欢的人异常关心自己，真的是一件再幸福不过的事了。

–05–

没搬进宿舍之前，我和一个叫小梅的女同事在公司附近各租了一间小出租屋。

某天夜里我睡得正香，突然被一条短信给吵醒。

原来 Z 先生说要来我家找我，知道他向来喜欢开玩笑，我便没当回事。

但是没过一会儿，便听见Z先生在我家墙壁的外面大声急切地喊着我的名字。

已是深夜十一点多，家家户户都沉浸在静谧的睡梦中。

然而我喜欢的那个人却突然出现在我家门口，正站在我的房间窗户下，不顾一切地喊我名字叫我出去！

我想世上大概没有比这还要让人欣喜若狂的事了！

内心激动不已，来不及整理邋里邋遢的形象，我顶着乱糟糟的头发冲出去给他开门。

我现在还清楚地记得，那晚Z先生穿着一件黑色薄西装外套，安静地站在胡同里等着我，暖黄昏暗的灯光倾泻在他的头顶上，整个画面看起来温暖美好，让人恨不得想将时间永远定格于此刻。

……

四月的夜晚还有些清冷，但是Z先生的突然出现，让我心里涌起一阵暖流。

胡同里安静得连彼此的呼吸声都能听到，我强装镇定地和他闲聊嬉闹一阵才知道，他是和别的同事一起送小梅回家。

我有些小小的难过，本以为他只是半夜特意来找我的。

第二天小梅告诉我：

"当时我们正在吃饭喝酒聊得特别热闹，大家都很开心的时候，Z先生突然安静下来，非常认真地说了句：'你们说，我现在要是出现在W面前她会是什么样的反应？'听到Z先生这么说大家都愣住了，谁也没想到一帮人喝得热火朝天的时候 Z 先生却突然提起了你，而且 Z 先生那会儿并没有喝醉，一字一句都说得特别认真。当时啊我就觉得他肯定喜欢你，吃完饭他们说要送我回来，他说什么也非要跟着，快到家的时候 Z 先生在车上跟我们商量，让我们一会儿到地方之后都先躲起来，因为他要趁你不注意的时候亲自叫你出来……”

知道真相后，我恍然大悟，原来并不是我自作多情，一瞬间内心的情绪像朵朵绽放的鲜花，害羞、甜蜜、温暖、美好。

-06-

我和 Z 先生的关系直接上升到暧昧的阶段，虽然彼此之间没有说破，但也能深刻感受到对方的用心，整个公司都在传着我俩的谣言，虽然听起来不是很好听，但是我们谁也没有主动澄清解释。

工作不忙的时候，我们经常趁人不注意溜到公司二层偷懒，整个二层就我们两个人，没有任何人打扰，我们可以不用假装、不用拘束，放心大胆地聊天嬉闹，连空气中都弥漫着暧昧的甜腻味道。

某天闲来无事，Z 先生让我给他化个烟熏妆，我一听这主意不错，毕竟我从来没给男人化过烟熏妆，何况还是我喜欢的男人。于是立马来了兴致，激动得准备大显身手一番。

我拿出化妆品，很用心地给他化，Z 先生坐在椅子上温柔地、目不转睛地盯着我看，我俩谁都没有说话，房间里安静得掉根针都能听见。

化到一半的时候，Z 先生突然凑过来非常迅速地在我的脸上亲了一下，以为我会打他，接着又赶紧弯下身子抱着头。我被Z先生这突如其来的动作吓了一跳，一时间没反应过来，愣了几秒钟脸瞬间就红了……

和Z先生认识这么久，虽然从一开始就暗恋他，虽然后来也慢慢感受到他对我的些许用心，但是我从来没想过和他之间会发生这些，估计Z先生自己也没有想到，他居然会主动亲我！

我并没有动手打他，只是愣在那儿不知如何是好，Z先生看我没有动静，坐直了身子对我不好意思地笑着，气氛凝聚在这一刻，我俩都有点尴尬。

我努力调整了情绪，好像什么事都没有发生，接着拿起刷子不停地给Z先生化着妆，这次他终于老实下来，安静地坐在椅子上任我摆弄。

化完之后，Z先生表示很满意，接着拿单反让我给他拍了几张照片，照片拍完，缠着我给他卸妆。

于是我和他躲在卫生间里，我拿着卸妆棉轻轻地、认真地给他卸妆，我俩离得很近，近得我可以很清楚地看见他的每个毛孔，能够听到他平稳的呼吸声。

他像个孩子似的乖乖站着，满眼温柔地看着我，任我一寸一寸地擦拭他的脸……

和大多数人一样，在面对自己暗恋的人时，总会不由自主地暗自猜想自己在对方心目中的重要性。

在此之前，我也曾不止一次地猜测Z先生是否对我有些不一样的感情，可是经历这么多，我越来越肯定，他对我绝对不止普通朋友那么简单，我在他心中也绝对有着不可比拟的分量。

-07-

我不会喝酒，标准一瓶倒的量（重点只是啤酒）。

公司组织聚餐，以往Z先生都是和男同事们坐在一起，方便喝酒聊天，但这次他却主动坐到我的身边……

饭菜上桌之后，我不胜酒力却非喝不可，Z先生见状，赶紧拦着不让我喝，他越拦我就越逞强，一来二去也没少喝，渐渐地，我有点喝醉，只不过脸红头晕，意识还是很清醒。

Z先生把酒瓶拿远在我耳边小声说了一句话，周围环境太吵，我没有听清，皱着眉问他刚才说了什么，于是他拿出手机，把刚才说的话一字一句打在手机上拿给我看，我接过手机看到上面有几个醒目的大字："让我管你好不好？"

我愣了一下，借着酒劲装疯卖傻问他："什么意思？你是我的谁？凭什么管我？"

他二话没说，拿起手机在上面按了几下，屏幕上又显示出和刚才一模一样的那几个字。

我被Z先生这突如其来的举动吓傻了，但还是装作什么都不懂地说道："你能不能把话说清楚点，我不明白！"

他没有再说话，收回手机接着和同事们喝酒没再理我。

我坐在一边心跳得好快，加上喝酒后头晕得厉害，只感觉整个世界好像都变得不太一样，内心情绪很复杂，又开心又激动！

很早之前我和Z先生聊天时说过，我希望有人管着我，因为对我来说管我说明他在意我，心里有我，这样我就会很开心。

没想到今天晚上Z先生居然对我说了这句话，这算是对我表白吗？

聚餐结束之后，经理张罗大家去唱K，我头晕得厉害就先回了宿舍，Z先生看我这样不放心，也跟着我回了宿舍，跟我俩一起回去的还有小梅。

回到宿舍以后，小梅去了洗手间，Z先生扶着我，把我送到床边坐下，看着我，亲口问了一句：

“我管你好不好？”

尽管我心里已经小鹿乱撞了，但还是强装镇定地抬起头皱着眉问他：

“你到底什么意思？我不懂！”

话音刚落，Z先生的唇就落在了我的唇上。

他抱着我用力地吻我，我没有拒绝，闭上眼配合他，我俩抱在一起很热烈地接了吻。

之后他接着说：“现在明白了吗？”

我心跳得快要飞了，害羞得不敢看他，话都说不出来，只是轻轻地点了点头……

后来我每次回忆这段经历，都觉得搞笑又甜蜜。

以前我从未想过他会爱我，那时我想的只是应该如何去爱他。

正如一句话所说：

“世界上最幸运的事莫过于我喜欢你的时候，你刚好也喜欢我！”

我怎么也想不到，这么戏剧化的事情居然真真切切地发生在我的身上。

我和Z先生之间本来有一百步的距离，他看穿了我的心思，猜透我的胆怯，为保护我那颗小心翼翼的心，主动向我走了九十九步，伸出手拉住我，我终于勇敢迈出最后一步去拥抱他，从此我跟他的世界便多了一个彼此。

我们的相遇不早不晚，会在一起很久很久。

-08-

其实，我和Z先生经过这场“表白事件”之后并没有直接确定恋爱关系，因为第二天我俩谁都没有再提起此事，好像一切都没有发生。

我虽然心急，但也不好意思主动提起，Z先生也表现得特别淡定，好像一直在等我开口。不过可以明显看出，我和Z先生之间变得更暧昧了。

说到底，我和Z先生能够顺利发展下去还得感谢小梅，在我俩聊天的时候，她主动过来问我俩有没有确定恋爱关系，我俩才极其不好意思地确定下来。

后来我经常感叹，假如那时小梅没有问我们，我们还会不会在一起？

Z先生总是笑着调侃：

"肯定会啊！谁让你那么喜欢我！怎么可能还没有得到就放弃？！"

我想了想，他说的是挺有道理的，只不过这话好像是说给他自己听的吧！

毕竟他那么喜欢我，怎么可能轻易放弃呢？哈哈！

-09-

和Z先生确定恋爱关系的当天晚上，他留我在他的房间睡觉，我虽然很害羞，但是也舍不得离开，于是假装很不情愿地留下。

上床之后，我俩并排躺着，谁都没有说话，我心跳得厉害，不知道如何是好，Z先生翻过身压在我身上开始亲我。我俩激烈地拥吻并抚摸着对方，他全身发烫大口喘着粗气，本该顺势继续发展下去，我却在此刻冷静下来，推开他，轻声说：

"我觉得太快，接受不了。"

Z先生没有强迫也没有任何不快，翻身躺在一边抱住我温柔地说：

"没关系，等什么时候你觉得可以了再说，我尊重你。"

那天夜里我和Z先生什么都没做，只是相拥而眠到天亮。

对于Z先生的举动我既吃惊又感动，在那种情况下，他整个人都是不受控制的，或许早就被荷尔蒙冲昏了头脑，没想到他却能保持最后的冷静，选择抵御一切来尊重我。

男人爱你，从来不会急于得到你的肉体。

因为他不忍心让你为难，更不舍得给你制造压力。对于一个爱你的男人来说，肉体和性爱固然重要，但远远没有你的感受让他更为在意。

–10–

和 Z 先生一起到宿舍楼下买东西，买完东西准备上楼休息，想到我还没来得及享受这短暂的二人世界，又不好意思主动张口让他陪我，于是很不情愿地往楼上走。

Z 先生走在前面，我低着头跟在他身后。

他发现我走得很慢，索性停下脚步等着我，并催促我走快点。

我假装没听见，依旧慢慢腾腾地上楼梯，Z 先生丝毫没有参透我的心思，看着我特别无奈地问：

“你怎么了？”

我噘着嘴不回答，他连问了好几遍我都置之不理，他只好安静地陪我在楼梯道里站着，站了一会儿 Z 先生拿出手机和他的哥们儿发短信聊天。

本来我就因为他榆木脑袋而生气，看到他陪我待着的时候还玩手机，瞬间气不打一处来，就在我要发火的时候，他突然转过身，毫不迟疑地将我推到墙边，顺利地把我强吻了……

后来的后来我才知道，当时他发短信问他哥们儿：

“女孩跟你一起走路，走着走着突然不走了是怎么回事？”

他哥们儿倒也直接，简单利落地回了俩字：“吻她！”

Z 先生看完短信二话不说就立马照做了，我想了想，这应该是 Z

先生这辈子做的最浪漫的一件事了。

-11-

确定恋爱关系没几天，我俩和别的小情侣一样，每天卿卿我我。

刚恋爱那会儿我内心还有点生分，很不好意思花他的钱，和他一起出去吃饭我都抢着埋单，虽然每次Z先生对我抢着花钱的行为直接无视，霸道地挡在我前面把钱付了，但我总觉得老这样太难为情。

……

下班之后我俩简单吃了点饭菜，就高高兴兴地回宿舍了。上楼梯的时候，Z先生走在前面，我跟在后面，我俩开心地聊着天，走着走着他突然一回身，递给我一张银行卡看着我说：

“我所有的钱全都在这里，也没多少，就5000块钱，密码是××××××，这卡以后就你帮我保管吧！想买什么你就买，需要花钱的时候你就取。”

我愣了一下，有点受宠若惊的感觉，毕竟我俩刚在一起没多久，而且我从来没想过Z先生会主动把自己的积蓄交给我保管，于是赶忙摆手拒绝。

Z先生一边劝我，一边把卡往我手里塞，最后我实在拗不过，只好收下。

所以在我们家，由我掌握财政大权的事情就是从那个时候定下来的，而且是Z先生主动提出的。

-12-

Z 先生送给我的第一个贵重的礼物是诺基亚 5230，那个时候诺基亚还没被淘汰，5230 也刚出没多久，几乎人手必备，特别火。

说起这个手机，还是因为我俩吵架，他把我之前的手机摔坏了，然后第二天又十分愧疚地带我买新的弥补我。

那时候他仅有的积蓄只够买这个手机，买完之后他卡里的钱就所剩无几了。

我还记得交完钱，我捧着新手机蹦蹦跳跳地跑出手机店，很长时间都爱不释手。

那个手机我用了两年，两年内 Z 先生的手机丢过也坏过，但他每次买新的都是买二三百块钱的老人机，我劝他换个智能机出门工作拿着也有面儿，可 Z 先生坚决认为手机只是一个沟通工具，没必要买那么贵的，而且功能多了他也用不好。

Z 先生是个很老套的人，他虽然年轻，但思想比较老旧，刚认识他的时候，那些稍微洋气点的东西他都很难接受，也应付不了。

让我常常怀疑他是不是从远古时代穿越过来的。

-13-

都说“宁拆十座庙，不毁一桩婚”，可是我和 Z 先生一起工作的公司不允许员工之间恋爱，所以我俩必须走一个，不用问，能力、人缘、颜值、性格都比我优秀的 Z 先生肯定被公司留了下来。

无奈我只能被迫离职，虽然心有不甘，默默把公司的傻子规定谩骂好多遍，但是也改变不了必须离开的事实，走之前我还因为这事儿大哭了一场。

Z 先生小心翼翼地安慰我，告诉我就算不在一个公司上班，我们的感情也不会受到影响，这让我内心安定许多。

其实我和 Z 先生从刚开始恋爱就一直不被公司人看好，因为我颜值低、没能力，还不会说话办事讨人欢心，所以公司高管一致认为我配不上他。

我还记得我离开公司的那天，公司那个四十多岁的店长讽刺地问我："你觉得你和 Z 以后能走长远吗？"

我看着她的眼睛，面带微笑、斩钉截铁地回答："一定可以！"

店长轻蔑地笑了："你还挺有信心，那我真的祝福你们俩！"

她说的这些话我印象特别深刻，这么多年过去我一个字都没有忘记，我清楚地记得她当时说出这些话时每字每句的神情，那种打心眼里鄙夷的态度让我仍然记忆犹新，像是嘲讽一个什么都不懂的傻子，可能在她眼里 Z 先生和我在一起只是玩玩罢了，我俩注定不会长久，迟早都要分开……

但实际上，后来的我们不但没有分开，反而结婚生子，美满幸福。

我不知道那些曾经非常反对我们的领导，知道我俩最后是这般美好结果有怎样的看法，我只知道不管曾经我俩的感情经历过怎样的艰难险境，最后还是携手渡过了所有难关，修成了美好正果。

-14-

离职之后，我托朋友的福，很快找到了一份更好的工作，顺利地进入我们这个行业特别厉害的一个大公司。

以前的同事们得知这个消息都替我高兴，围着我祝福鼓励，问东问西，只有Z先生一个人在一旁专注地打球不说话。Z先生的表现让我非常生气，因为在此之前我曾幻想出各种浪漫的场景，他不但一个没有照做，反而对我找到新工作好像漠不关心，因此我特别生气地和他大吵了一架。

到后来天色已晚，我找了家快捷酒店开了个房间，Z先生跟着我进了房间，我二话不说，倒在床上蒙头就睡，躲在被窝里放声大哭，好像受了多大的委屈。

Z先生轻轻地钻进被窝从后背抱着我小声地说："我和同事不一样，我对你的感情都是放在心里的，你面试成功我比他们任何人都高兴，但是高兴不一定非要表现出来！我不像你年龄还小，遇到点开心的事就高兴得活蹦乱跳，我是男人，男人要有担当，不能每天小情小爱……"

后来我和Z先生在一起很久之后，才慢慢发现，他和我的性格正好相反，我是那种心里藏不住事儿的人，所有情绪全部写在脸上，高兴时喜笑颜开，生气时勃然变色，遇到屁大点事就着急忙慌，没点稳重的样子。

Z 先生呆板不善表达，所有的思想情感都藏在心里，对我的好也都是用实际行动去证明，不管什么时候，不管发生什么事，哪怕他的内心波涛汹涌，脸上也是一副宠辱不惊的神情。

“喜怒不形于色”是 Z 先生用来教育我时说得最多的一句话。

-15-

我和 Z 先生在一起这些年，没有经历过真正意义上的异地恋，最远的一段距离就是我离职后去了市区，他在郊区，彼此之间有两三个小时的车程。

尽管如此，但我俩每天不管上不上班都最少通三个电话，不厌其烦，就连上个厕所、放个屁都恨不得跟对方说一下……

“异地恋”不仅没有让我俩的感情变淡，反而无时无刻不在记挂对方，好像他一直在身边从未走远。

Z 先生要从郊区来到市区看我，可把我高兴坏了，在公司一整天都是掐着时间过的，好不容易挨到下班，我第一个冲出公司，恨不得长俩翅膀，一下子飞到约定的地点和 Z 先生会合。

等我赶到的时候天已经黑了，夜晚的北京，热闹丝毫未减，不停闪烁的霓虹灯和熙熙攘攘的人群，整个城市没有任何疲惫感。

我站在天桥上往下巡视，一眼就看见了人群中的 Z 先生，于是迅速跑过去一把抱住他，他被我突如其来的举动吓了一跳，抱着我，满眼宠溺……

我有时会惊叹爱情的伟大，它可以把心爱的人变成一颗闪亮的星，在偌大的城市中闪烁着独特的耀眼光芒。

让你不管在什么时候，都能够轻松穿越车水马龙的街头，人声鼎沸的闹市，看见他，走向他，拥抱他。

-16-

我从以前的公司离职没多久之后，Z 先生也从那个公司辞职来到市区，我俩终于不用忍受异地恋的相思之苦了。

Z 先生来到市区首先要找房子安顿下来，然后再找工作。

那个时候我每个月工资少得可怜，Z 先生更是没有什么积蓄，加上他还没有找到新工作，花钱是能省则省。

为了节省开支，他租了一个 15 平方米的地下室，屋子里放上一张床、一张桌子就再也没有多余的空地了，虽然环境很差，但是房租便宜，每个月才 400 块钱。

与此同时，我也决定从宽敞的宿舍搬出去跟 Z 先生一起住，恋爱中的女孩果然是不理智的，好像为了爱的人，她们什么都敢做。

哪怕是住地下室，哪怕房间只有 15 平方米，哪怕环境潮湿、阴冷不见光，我都无怨无悔。

因为那个时候我想：只要能和 Z 先生在一起，这点苦又算得了什么？

搬进去的那一天，我和 Z 先生收拾完东西，将所有行李物品归置整齐之后，终于能抽空休息休息，我呈大字形摊躺在床上高兴地说：“我们终于有自己的家了！”

Z 先生看着我心疼地笑了笑，躺在我旁边抱着我什么都没说。

很多年之后，再提起这件事时，我还是会感叹自己的勇气，不过我再也没有当年的那种负重感，而是整个人都轻松了下来。

好像过了那个阶段，往回看，便再也没有什么值得我担忧害怕的了。

一切的艰苦不易都变得弥足珍贵。

-17-

其实 Z 先生当初来北京的目的，是为了进入他们行业，目前国内最厉害的那个人的公司学习（称呼那个人为“老大”吧！），那时他真的只是单纯地为了学习。

Z 先生的野心很大，也很好学，为了完成梦想他可以不惜一切代价。

他认为只要能让他去上班，哪怕一分钱工资都没有他也无怨无悔。

只不过 Z 先生刚来北京时去面试没有成功，但又不能在一棵树上吊死，正好他有个哥们儿在郊区，所以他就先到郊区找了一份工作过渡一下，没想到在那儿遇到了我……

我常跟 Z 先生说：“咱俩的结合非常完美地诠释了什么叫‘缘分’，如果当初彼此都没有去郊区，我们可能就此错过了，想想都觉得遗憾。”

缘分本就是一件很奇妙的事，它可以用来概括跟爱情有关的一切。

缘分到了，可以把两个素不相识的人撮合在一起，缘分尽了，也能把两个原本惺惺相惜的人分开拆散。

那些终究没有走到一起的人，到底不是真正的缘分。

人的一生遇见谁、认识谁、喜欢谁、讨厌谁、错过谁、相守于谁，都是命中注定的，老天会在无形之中安排好一切。

–18–

Z 先生从郊区回到市区，不死心的他打算再去老大公司试一下，除此之外还有一家比较厉害的 J 公司，如果老大的公司去不了，能去 J 公司也是个不错的选择。

简单商量了一下，Z 先生决定先去 J 公司面试。

Z 先生面试的那天我正好不上班，所以开开心心地陪着他一起去。

我们按照提前查好的路线站在马路边等车，八月的北京依旧燥热不堪，我俩出门的时候正好赶在一天最热的正午，周围没有一棵树或者一座建筑物可以庇荫，而且出门的时候也没有带伞，我俩只能站在烈日底下一边暴晒一边等车。

Z 先生怕我太热突然跟我说：“你蹲在我的影子里吧！我给你挡着点阳光，这样你能好受点。”

说完便站在我的身前，为我遮出一小片刚好只够一人使用的阴凉。

我被他突如其来的举动感动得不知如何是好，在我俩都被火辣辣的太阳毒晒到心烦意乱的时候，他为了照顾我的感受，情愿用自己的身体给我庇荫。

所谓“牺牲自己，成全他人”的境界无非也就这样。

不知道是不是阳光强烈照射的缘故，我眼睛酸酸的，有点想流泪。我蹲在他的影子里，抬头看见他额头上聚集了大大小小的汗珠，整个人被太阳晒得又红又黑，见我正在看他，便冲我一个劲地傻笑。

那一瞬间，他在我的心里无比伟岸高大。

-19-

我一直都觉得我这辈子经历了两件特别戏剧化的事情，一件事是Z先生跟我强吻表白，另一件事是Z先生能进入老大公司上班。

最开始我们去的J公司，可能时间不对，我们赶去J公司的时候，吃了个闭门羹，公司一个人都没有，只好带着满满的遗憾失望回了家。

第二天Z先生决定自己一个人去老大公司面试，和第一次去的时候一样，还是直接被否决，Z先生从公司出来的时候很失落。

在回家的公交车上给我打电话，诉说自己的想法与心事。

本来只是想单纯地跟我吐槽一下，没想到当时他的旁边站了个大姐，Z先生给我打电话说的所有内容，都被这个大姐听得一清二楚，巧的是这个大姐正是老大公司的一个老员工，Z先生挂了电话之后，她就主动跟Z先生聊起天。

听说Z先生为了进入他们公司，特意从老家来到北京，而且已经是第二次去公司面试了，看着Z先生表述心意的时候那么诚恳，大姐瞬间就被他那种执着的精神所打动，主动要走他的电话，并且答应帮忙在公司说一下他的情况……

结果第二天Z先生真收到了梦寐以求的公司的面试邀请，也如愿以偿地通过了面试，进入了梦想中的公司学习。

我还记得Z先生通过面试之后第一个发短信通知我："宝贝！太棒了！我成功了！我就说你是我的幸运星嘛！"

当时的我看完短信也不管是不是上班时间，无法控制住内心的激动，"嗷"的一嗓子喊了出来，所有同事吃惊地转过身看着我，我高兴地坐在椅子上转圈圈，不知有多么开心。

我后来跟身边所有人提起这段经历的时候，他们都觉得难以置信，因为那些本该是电影演的情节，却真真切切地发生在我们的生活当中，来得虽突然，却又刚刚好。

这让我想起《阿甘正传》里的一句台词：

Life was like a box of chocolates,you never know what you're gonna get.

是啊！生活好比一块巧克力，不亲自体验尝试，你永远不知道是苦是甜。

行走在陌生的城市里，坚持着自己的坚持，追寻着心中的梦想。

虽然有太多的委屈、有太多的孤独、有太多的不确定，可是都不应该轻易放弃，因为美好的事情总会发生。

-20-

Z 先生如愿以偿地进入了梦想中的公司，但是他要放弃自己四年的工作经验，从最底层员工做起，不过这些对他来说毫不重要，只要能进入公司他就已经心满意足了。

我对此更没有别的意见，我和 Z 先生在一起这些年，不管他做什么决定我都是无条件支持。

刚开始上班，Z 先生每个月只有 1200 块钱的工资，虽然我俩赚的钱不多，住的环境也够破，但是能够做自己喜欢的工作，还有一个深爱的人陪在身边，也依然快乐得跟两个小傻子似的。

几乎每天早上我俩都是一起起床洗漱、一起出门吃早餐，再分别坐车去上班。

偶尔我犯懒起得比他晚，或者休息不上班的时候，就会在他出门的时候拽着他的胳膊撒娇要亲亲，然后抬起头噘着嘴闭上眼睛等 Z 先生亲我，Z 先生亲完我之后，我还要耍赖："我不管！亲三次！"

他就无可奈何地在我左脸、右脸、嘴巴上分别亲一次，或者直接亲嘴亲三次，我才会咯咯地笑着放开手让他去上班，并叮嘱他下班早点回家。

-21-

我一直都觉得Z先生的脑回路和别的男人不同，大多数男人最害怕的事就是看到女人哭，特别是看到自己心爱的女人流眼泪，简直比要他们的命还难受。

可是Z先生偏偏不这样，他也见不得女人哭，但不是怜香惜玉的那种，而是特别反感。

在他的认知观里，始终认为两个人吵架就说明感情某个方面出了问题，这时候两个人应该心平气和地坐下来好好谈一谈，把矛盾化解了。

光哭有个屁用啊！

所以我俩吵架时，我只要一哭，他见了不但不会心软，反而会使矛盾加深。

偏偏我又很爱哭，稍微受点委屈，眼泪就止不住地往外涌，单单因为“哭”这个问题我俩也没少吵架。

而且我是那种平时话特别多，吵架的时候却一个屁都不放，Z先生和我恰恰相反。

于是我俩吵架就经常出现这种情况：

“你说你刚才那是什么意思？”

“……”

“你怎么想的？”

“……”

“你说话啊！哑巴了？”

“……”

“咱俩好好谈谈，把问题说清楚！”

“……”

就这样，任凭他在一边暴跳如雷，我都一声不吭，每次都把他气个半死，却拿我无可奈何。

-22-

我和 Z 先生在一起后过的第一个年，是各自回自己老家过的。

那个时候我婆婆还没见过我，但是知道我和 Z 先生处对象。

Z 先生回家之后家里的亲戚都问他为什么没有把我带回去。

Z 先生只好告诉他们，我爸妈还不知道我俩的事，亲戚们纷纷表示遗憾，并叮嘱明年过年一定要带我回家。

Z 先生主动把我的照片拿给公公婆婆看，我婆婆第一次见我照片的时候，一个劲夸我，说我长得“虎头虎脑”的。

后来 Z 先生跟我说起这个事，我乐得哈哈大笑，虎头虎脑不是用来形容小孩子的词语吗？

没想到公公婆婆对我的第一印象是这个！哈哈！

-23-

我和 Z 先生刚在一起时，曾毫不避讳地夸下海口，称赞自己厨艺多么精湛，其实我说这些话的时候自己都心虚。

因为那个时候我根本不会做饭，只不过在 Z 先生面前强行装出自己很能干的样子。

Z 先生虽然从没有吃过我做的饭菜，但对此也从没怀疑过……

第一次给 Z 先生做饭，我还非常自信地找了个有点难度系数的菜——鱼香肉丝。

屁颠屁颠地跑去市场买食材，脑袋里一直幻想自己做得多么成功，等买完东西回来，拿起菜刀的那一刻我才发现高估了自己：胡萝卜丝切成了胡萝卜条，肉丝买成了肉末……

本想做的鱼香肉丝，硬生生让我做成了胡萝卜条炒肉末，看着满地狼藉，一种前所未有的挫败感油然而生。

我硬着头皮把饭菜端到 Z 先生的面前，他看了一眼毫无食欲的饭菜，愣了几秒，接着什么话都没说，端着饭碗狼吞虎咽地吃了起来。

我厚着脸皮追问："好吃吗？"

Z 先生一边嚼着饭菜一边说："嗯！挺好吃的！"

感动得想哭！好吃什么呀好吃！菜一出锅我就尝了，简直难以下咽……

要么说 Z 先生对我绝对是真爱呢！

因为后来的后来我才知道，Z 先生这辈子最讨厌吃的东西就是胡萝卜，然而我却在第一次给他做饭的时候，就做了个炒胡萝卜条，而且还炒得那么难吃，关键他什么都没说，居然捧场地全部吃光了……

–24–

我和 Z 先生搬到了他们公司附近的一个地下室，这样他上班离得近能轻松点。

与此同时，我从新公司离职，Z 先生给我介绍了一个老师跟着学习。

跟老师学习的好处是可以见识很多大场面，接触更多高品质人群，美中不足的是没有一分工资。

因此我们俩生活的重担全部落在 Z 先生一个人身上。

因为 Z 先生的工资不高，我俩的生活变得越来越拮据。

北京的冬天很冷，虽然极少下雪，但温度一般都在零下十好几摄氏度，加上北风肆意凌虐，整个冬季都异常难熬。

地下室没有暖气，我们只有两床很单薄的被子，每晚相拥而眠倒也不觉得寒冷。

为了省钱给我花，Z 先生不吃早餐，午餐和晚餐只吃公司提供的工作餐，每天只花五块钱来回坐公交。

休息日如果我在家就给他做点好吃的，如果我有工作不在家，他三餐只是买个馒头就点咸菜凑合着填饱肚子。

他的同事或者客户分享的各种好吃的东西，他一口都不舍得吃，全部带回来给我。

有时候婆婆会给我们打钱救济我们，在收到钱的那一刻，Z先生都是让我赶紧去买几件衣服或者自己喜欢的东西。

搬进地下室之后，Z先生再也没有买过一件像样的衣服，冬天总共就两身衣服来回换着穿。

天气越来越冷，大街上的每个人都穿起了羽绒服，Z先生为了省钱宁愿扛着也不舍得买件厚衣服，每天穿着那件穿了很多年的单层皮外套，顶着零下好几摄氏度的温度去上班，每次加班回家都冻得瑟瑟发抖、脸色铁青。

我瞒着他，给他买了件厚的毛衣外套，同时翻箱倒柜找出一件，我很久以前买的比较中性的羽绒服给他穿，于是Z先生就靠着这两件衣服挨过了整个冬天。

时至今日，再度回首时，我依然热泪盈眶。

一个男人动了情是什么样子？

这个本就没有固定答案的问题，却能通过种种小事表现出来：

他会为你担心、着急，为你红了眼眶；

会在你无助的时候坚定地告诉你，不要怕，他一直都在；

会在你开心的时候陪着你笑，在你难过的时候拥你在怀里让你依靠；

会把你划进自己的未来，会为了你们今后的生活而努力奋斗；

会在压力倍增的艰苦岁月里，想尽一切办法对你好。

我不怕苦、不怕难，我只怕不能在他身边。

但Z先生和我想的恰恰相反，哪怕食不果腹、衣不蔽体，他也想着把世界上最好的东西给我，只是他不知道，对我来说，世界上最好的东西都抵不上一个他。

–25–

有天半夜我突然想吃肯德基的甜筒，于是打电话给Z先生，让他加班回来的时候给我带一个。

那时距离我们家最近的肯德基有两站地，而且没有直达的公交车，如果要买甜筒，必须提前下车，买完之后再走回来。

当时已经是半夜，挂完电话我等了没一会儿，就看见Z先生推开家门，举着刚刚化掉一些的甜筒，气喘吁吁地对我说："快吃！快吃！"

化掉的奶油滴落在他的手上，他小心翼翼地用手接着，生怕掉在地上浪费了。

我接过甜筒一问才知，原来Z先生买完甜筒以后怕它化掉，举着甜筒一路飞跑，硬生生跑了两站地回了家，哪怕甜筒化了他也没舍得吃一口。

我舔了一下递到他嘴边，他一个劲摆手，说自己不喜欢吃。

我只好假装太凉了吃不了，他才接过去津津有味地吃起来。

从来都没有不喜欢吃，只不过是不舍得吃。

Z先生最喜欢吃甜食，甜筒是他最爱吃的甜食之一，只不过在我面前，他喜欢的一切东西，只要能够省给我，都可以用"我不喜欢"

来代替。

–26–

我和 Z 先生为了赚钱，从网上进了点货打算摆地摊。

每天下班回家，吃完晚饭，便一起把货箱装满，然后拉着货箱，带着小板凳出门摆摊卖货去。

到了地点把东西挨个摆好就开始卖，每天只卖三四个小时，或者休息日卖一整天，生意好的时候，几个小时就能赚个二三百。

摆摊的时候有趣又紧张，不仅要想办法把东西卖出去，还要时刻提防着城管突袭。

最快乐的时刻就是收摊回家，每次收摊之后，Z 先生就会把所有的收入全部交给我，让我点一点有多少，然后霸道地说："明天的生活费又出来了，你不是想吃 ××× 吗？快点去买吧！"

于是我就会拿点零钱屁颠屁颠地跑去买小吃，然后挽着 Z 先生的胳膊开开心心地回家。

像极了小时候爸妈做生意赚到钱，回家之后总会给我点零花钱奖赏我。

时隔数年，我仍像一个长不大的孩子，还是会因为一丁点小恩小惠就激动得欢呼雀跃，Z 先生好像看透了我这点，总是一如既往地惯着我，有他在，我怎么可能会长大呢？

–27–

我和 Z 先生以及三个好朋友一起挤在我家 30 平方米的小屋里吃饭喝酒，到最后大家都有点喝多了，只有我还保持清醒，和 Z 先生确定恋爱关系以后我几乎没怎么喝过酒。

Z 先生的酒劲上来之后，和往常一样不停地说，在朋友面前一个劲夸我，告诉他们我跟他在一起有多么不容易，我有多么懂事贤惠。

我坐在饭桌前害羞得满脸通红。

这时候，他突然把胳膊往我肩膀上一搭，将我往他怀里揽了揽，当着所有人的面说了一句我永远都不会忘记的话:“如果这辈子我娶不到维亚，那么我就不结婚了！”

–28–

我跟 Z 先生介绍的老师学习了一段时间之后，重新找了份工作。

地下室要拆迁，我们必须赶紧找房搬家，因为我找到了新工作，工资待遇都不错,所以我们终于不用再住地下室了,生活总算走上正轨。

上班的时候 Z 先生只要下班比我早，不管他那天多累，等我回去的时候，都已经做好了我爱吃的饭菜。

我想吃什么,他就算不会做，也会在网上搜教程，一步步地学着做。

休息的时候带上相机和我，我们去一些比较有意思的地方瞎玩瞎逛，然后拍很多很多照片。

再或者一觉睡到自然醒，他出门买早餐，我接着在被窝里赖床。

吃过早餐我们窝在家里聊天上网，然后找朋友一起约饭遛弯儿，虽然还是没什么钱，但日子过得轻松又自在。

-29-

我们的感情遇到了“瓶颈”，虽然以前也总吵架，但每次都只是小打小闹，而现在已经上升到几乎不能和对方说话的地步。

每次争吵两人都据理力争，死不退让，经常为一件特别小的事吵得不可开交。

我开始觉得这份感情处得好累，甚至有种不想再继续下去的决心。

那段日子，彼此都身心疲惫，唯一不吵架的时候就是上班见不到对方的时候。

吵得最狠的一次，Z 先生把能摔的东西几乎都摔碎了，家里一片狼藉。

他的脾气很不好，长期以来都是如此。

他止不住地发火，我也不知道哪里来的勇气，好像下定决心要离开，于是一边哭一边收拾行李，行李收拾得差不多的时候，他的火气终于消散，看着我东西马上就收好了，赶紧过来拽着我道歉，抱着我撒娇耍赖。

不管怎么样，最终我都是心软和好。

我俩在一起这么多年，真的没少吵架，只不过我俩每次不管吵得多么凶狠，最多不超过两小时就能和好，这个优良特性一直持续到现在，有时睡前还吵得热火朝天，谁都不理谁，第二天早上醒来都会发现自己在对方怀里，自然也就忘了前夜生气吵架这回事。

夫妻没有隔夜仇，床头吵床尾和，说的大抵就是我们这种。

-30-

Z 先生他们公司某天拍杂志的时候，要用哈根达斯做道具。

杂志编辑买了很多盒哈根达斯，拍完之后就没有用了，于是给在场的员工一人分了一个。

别的员工都当场吃完了，Z 先生惦记我没吃过，找了个袋子把东西一装，跟同事们告个别就急匆匆地跑回了家。

到家之后整盒哈根达斯都化了，我们住的房子没有冰箱，Z 先生看着化掉的哈根达斯又心疼又失望，忍不住叹息，我却被他这一举动感动坏了，哪怕冰淇淋全都化掉了，我还是开心地喝完了它。

那是我这辈子吃过的最甜的冰淇淋。

-31-

我爸妈一直都不知道我和 Z 先生在一起的事，主要是我爸妈觉得我年龄小，不想让我那么早处对象，所以我也一直没敢跟他们说。

眼看我和 Z 先生在一起都两年了，我也觉得是时候让他们知道了。

还在想怎么跟我妈开口，没想到我妈倒主动问起了我，我看这是个好机会，顺势就把我和 Z 先生处对象的事情跟我妈说了。

我妈知道后坚决反对，因为她对东北人印象一直都不好，加上 Z 先生的家离我家太远，家庭条件又不好，所以我妈连面都没见过，就让我和 Z 先生赶紧分手。

我一看这哪成啊？于是找我姑当救兵劝我妈。

我姑是个很开明的人，对于我和 Z 先生处对象的事她倒没有反对过，最后在我姑的劝慰下，我妈总算同意先见 Z 先生一面。

带 Z 先生见我妈的那天，出门之前我让他换了好几套衣服给我看，最后我挑了一套最满意的，然后我们带上礼品一起去见我妈和我姑。

我姑的嘴特别能说，加上这些年一直在做某个品牌的直销，逢人就发名片推广介绍，做了很多年，一直很努力，也没少往里搭钱，但几乎没有什么成果，我们劝她也不听，还拽着家人跟着一起做，大家对此很头疼。

Z 先生第一次见我姑，很顺利地就把我姑拉到和我们同一条阵线上。

见面之后，我妈简单地了解了 Z 先生的基本状况，大家就随便闲聊，聊着聊着我姑竟然跑题了，居然把 Z 先生当成销售客户，一边递名片，一边一个劲地给他推销介绍。

我和我妈一看插不上嘴，只好坐在旁边看着他俩说。

Z 先生是个很有礼数的人，对长辈总是毕恭毕敬，所以一直面带微笑耐心地听我姑讲解，并表示大力支持与夸赞，加上他本身形象佳，会来事，很健谈，心又细。

几个小时之后，成功赢得我姑的肯定。

后来Z先生自己回想这一幕也会忍不住笑出声：“你姑姑也挺有意思，哪有第一次见面就给人做推销的？而且还是自己未来的侄女婿。”

“那你那个时候为什么还那么耐心地跟我姑聊？”

“我这不是为了哄你姑开心，收拢人心嘛。这样咱俩才更有胜算啊！”

这么看来，Z先生为了争取我父母的同意，也算是下了一盘很大的棋，每走一步都精打细算，真是没少费心！

–32–

第一次见面Z先生凭借自己的双商与能力，成功在我妈和我姑的心里留下了良好印象。

其实我妈和我姑都好对付，最难对付的是我爸。

我爸是个很固执保守的人，这么多年一直如此，他认定的事，对就是对，错就是错，谁都不能改变。

我爸一直都希望我晚婚，也很忌讳别人在他面前提起我恋爱结婚的事，不管是谁，只要敢在我爸面前说我的婚姻大事，他能立马变脸。

我以为我爸知道我恋爱的事，肯定气得火冒三丈，没想到当我爸得知我妈对Z先生印象还不错，非但没生气，反而同意见面了。

我和Z先生带着公公婆婆早就准备好的礼物出了门，一路上我紧张得不行，毕竟我爸的脾气不好，万一有什么不对的地方，我怕他会当场大发雷霆。

路上我给我爸发短信：

老爸！无论你对他印象如何，见面以后都不要给他脸色看啊！给我留点面子！我知道老爸对我最好了！谢谢老爸！爱你！

到地方之后，Z 先生一见到我爸就特别有礼貌地跟我爸打招呼，简单寒暄几句，我爸带着我们去附近的饭店吃饭。

我们三个边吃边聊，我爸每问一个问题，Z 先生都特别有礼貌地回答……

那一天我爸的表现一直都很淡然，不惊不喜。

他的真实想法我也很难猜测，但至少能看出来我爸不讨厌 Z 先生。

他对 Z 先生的印象还不错，对于我俩恋爱的事也没有发表任何意见。

其实我爸能有这样的反应我已经很知足了，毕竟我是他宠了一辈子的小公主，突然有一天带一个男朋友回家，我爸嘴上不说，心里肯定也不好受。

这让我想起以前网上有个话题：

“父亲第一次知道女儿谈男朋友是什么感受？”

有个特经典的回答：“就像养了很多年的白菜突然有一天被猪拱了。”

我这棵白菜虽然不起眼，但也是在我爸精心照料下长大的。

难以想象我爸得知我和 Z 先生在一起时的第一时间内心想法多么复杂。

但女大不中留啊，就算是棵白菜长大了也要销售出去，总不能一直在地里烂着不是？

-33-

有段时间我回老家待了几天，Z 先生正好去泰国出差。

回北京的时候，他比我早到两天，发微信告诉我给我带了好多礼物。

我满心欢喜地期待着，心想该是什么样的浪漫惊喜？

待我回到北京之后，才发现居然是满满一箱子零食、几个小玩偶，以及一套展现泰国民俗风情的服装。

Z 先生说，他从泰国回来的时候，一同前去的几个同事什么都没买，只有他惦记我没去过泰国，所以想给我带些东西纪念一下。

想了很久，觉得我是个吃货，给我买什么不如买吃的来得开心，所以就胡乱买了一箱子零食。

好吧！虽然不怎么贵重，但也足以表明 Z 先生用心良苦了。

所以我还是小小感动了一下。

可重点是，我虽然是吃货，但也只喜欢吃好吃的东西啊！

关键 Z 先生买回来的零食居然没有一个好吃的！

真的是一个好吃的都没有！

看着他从千里之外不辞辛苦地背回来，我还不忍心跟他说，只能应付地吃几口，Z 先生看我不怎么吃，自己主动尝了尝，赶紧摆摆手生气地说：

“太难吃了！早知道这么难吃我就不买了，害得我从那么远的地方背回来！我同事看到我买这么多都惊讶，还以为我是鬼子进村扫荡去了。”

-34-

和 Z 先生在一起这些年我几乎没怎么上过班，因为我工作能力不是特别强，性格懒散没有上进心，还受不了委屈，工作中有一丁点不痛快就闹着要辞职。

Z 先生倒也愿惯着我，每次我回家跟他嘟囔工作的琐事，抱怨自己的难处，他从来不会教导我该怎么解决，也不会给我讲一些大道理，劝我该忍则忍，继续工作，而是特别痛快地跟我说："不想干就辞了吧，我养你！"

Z 先生在说这句话的时候特爷们儿，我像是有了坚实的后盾，变得异常胆大，对于工作也更加不上心，于是频繁地辞职、找工作、再辞职、再找工作。

这么多年，我所有上班的时间加起来不超过十个月。

Z 先生说到做到，我不上班的日子，全部都是他工作赚钱养我。

其实现在回想，我也觉得蛮愧疚的，毕竟我是一个正常的成年人，有足够的能力养活自己，而且那个时候我俩还没结婚，Z 先生没有义务承担我的生活消费。

可是他却从一开始就把我划进他的人生当中，心甘情愿地惯着我。

我曾经看过网上的一段话：

"对一个男人来说，最无能为力的事，就是在没有物质能力的年纪，遇到了最想照顾一生的人。"

我觉得这话说得一点都不客观。

在我看来，当一个男人真的遇到他想照顾一生的那个人，哪怕他没有物质能力，也会拼尽全力留住对方，并且想方设法地对她好，前提是这女的真的是他想用一生照顾的人。

或许有人会觉得我这种想法比较自私，可实际上感情真就如此。《喜剧之王》中的经典台词“我养你啊”，并不是天仇在物质条件丰富的情况下对飘飘说的，而是他什么都没有，还敢于跟对方承诺，因为他知道飘飘对于自己的重要性，更知道他可以为了飘飘做更多的努力。

Z 先生这点和天仇很像。我是否工作对他来说无所谓，他相信可以给我想要的生活，既然我工作怕委屈、怕辛苦，那么他就多付出一些，替我劳累奔波，替我负重前行。

对我而言，重要的根本不是 Z 先生是否愿意养我，或者他是否养得起我。

我看重的只是他的那份心，哪怕前方艰难险阻，他也会为我排除万难，我累了倦了，只管后退躺下，因为我知道，在我的身后一直有他这个依靠。

-35-

我发现人的嘴有的时候就跟开过光一样，说话特别灵。

很多事都经不起念叨，越是念叨它就越容易发生。

就比方有时无心念叨:“哎？我好像很久没有生病了？！”

过不了多久,就会大病一场。所谓怕什么来什么,说的就是这意思。

我和Z先生恋爱的时候，我总喜欢突发奇想地跟他说：

“老公！我给你生个孩子吧！”

因为我始终觉得，能给自己心爱的人生孩子是最幸福的事了。

Z先生每次都随声附和:“好！生！”

然后我就一个劲地幻想有了宝宝之后的生活，没事儿就跟他撒娇，动不动说要给他生孩子。

估计老天看我心意诚恳，被我的真心打动，我居然真的怀孕了。

早知道我说话这么准，我应该多念叨让自己赶紧发财。

-36-

发现怀孕的那天，我陪着Z先生为他们公司采购东西。

以前特别能逛街的我，突然变得非常疲惫，两条腿跟灌了铅似的怎么都走不动，在椅子上休息半天都没有缓解。

因为要帮公司买的东西还没买齐，所以我只能自己先回家。

回家的时候正是午饭时间，走着走着我路过一个饭店，不经意往橱窗里瞟了一眼，看见每个人都吃得津津有味，要是以往这种情况，我肯定馋得想要流口水，可是那会儿我却没有丝毫想吃的欲望，反而越看越恶心……

联想起自己大姨妈已经推迟半个月了，加上最近一段时间的各种反应，我有种不好的预感，赶紧坐车往家赶。

从家门口的药店买了一个验孕棒，根据说明进行测试，过了几秒钟，我拿起验孕棒定睛一看瞬间傻了：两道杠！我怀孕了！

-37-

很羞愧，我怀小满的时候是未婚先孕，知道怀孕的那一刻，我有点小小的害怕，越想越觉得不可思议，摸着肚子感叹生命的神奇！

我打电话给 Z 先生，告诉他我怀孕的事，并问他该怎么办。

我到现在还记得 Z 先生毫不犹豫地回答：“当然是结婚生下来啊！”

Z 先生的抉择在我看来是意料之中的事，他本就是一个特别有责任心的人，如果我怀孕了，不用说他肯定也会和我结婚，让我把孩子留下来。

因为我俩从在一起的那一刻就是冲着结婚去的。

我身边的朋友知道 Z 先生的想法之后都觉得很惊讶，不知道是不是因为现在的社会渣男横行，未婚先孕要堕胎的事也屡屡发生，所以朋友们看到 Z 先生的作为，都觉得他简直是男人中的一股清流。

Z 先生的决定我能猜到，但是他当初知道我怀孕那一刻的反应却在我意料之外。

可能是我电影看得太多，以为他也会像电影里演的那样，激动地抱着我转圈圈，实际上他的表现特别淡定，虽然也很开心，但却对此毫不惊讶，好像一切都在他的掌控之中。

后来我问他：

“为什么在知道我怀孕的那一刻，你没有表现出一丁点的疑虑或惊喜？好像早就知道了似的？”

Z 先生笑了笑说：

“你也不想想，那时你的大姨妈都推迟了那么多天，你是没当回事，但我一直帮你记着呢，我一推算，估计你十有八九是怀孕了，所以我早就激动过劲了，只不过你一直都不知道。”

敢情我居然不是第一个知道自己怀孕的人，这反射弧也太长了！

-38-

说实话，我刚知道怀孕的那一刻并不想把孩子留下来，因为我是未婚先孕，说起来很羞耻，但也是逃脱不了的事实。我不敢想象父母知道后会是什么反应，除了害怕我不知该如何是好。

可偏偏在这件大事上，我和 Z 先生产生了严重分歧，他一定要我把孩子留下来，而我却因为害怕想打掉。

打掉孩子我也舍不得，毕竟这是我的第一个孩子，是我和 Z 先生的爱情结晶，我也不忍让还未看过这个世界的她直接被扼杀掉。

那段时间我每天都在纠结中度过，他要生，我要打，谁都不肯让步，几乎每天都在因为这件事争吵，彼此各执己见地不停争论。

我逼迫自己冷静下来思考这两种做法将带来的不同结果，问过身边几个关系比较好的朋友的意见。

考虑很久之后终于决定听Z先生的，把孩子留下来。

不管早婚晚婚、早育晚育，这些都是必须要经历的，也许现在经历了未尝不是一件好事。

把孩子留下来的话，至少未来回想起来，我不会后悔，但如果现在打掉，多年之后我肯定会后悔。

看到Z先生初为人父的欣喜，期盼孩子降临的渴望，我越想越觉得于心不忍。

这辈子我见不得他难过伤心，也更离不开他，如果真把孩子打掉，我和Z先生的感情肯定走不长远。

孩子会成为我们之间一道不可逾越的沟壑，会让我和Z先生的感情变得岌岌可危。

这件事从一开始就需要我做一个重大的选择，在父母和Z先生之间做出选择，不管选择谁终究有一方要伤心难过。

经历那么多思想斗争之后我还是决定选择Z先生。

看他高兴的样子我比谁都开心，哪怕让我受再多的罪我都无怨无悔，我爱他近乎爱到了病态。

我深知自己的做法对不起父母，可我也真的无可奈何。

-39-

我婆婆知道我怀孕之后，先是一阵惊讶，然后很高兴地叫我们赶紧结婚。

我婆婆对我的印象一直都不错，虽然那个时候她连我的面都没有见过，但得知我怀孕之后，她竟然也和Z先生一样，丝毫不迟疑地劝我们早点完婚。

婆婆从来没有想过我本人是否讨她欢心，是否符合她心目中儿媳妇的标准。

只是从我和Z先生在一起时，她就在心里认定了我。

婆婆虽然很开心，但听我说想把孩子打掉时也变得严肃起来，因为她深知堕胎对身体伤害太大，她心疼我的身体，怕我的身体受到伤害，她觉得这样对我来说太残忍。

聊了一会儿之后，婆婆温柔地跟我说：

“不管什么结果，我们家都尊重你的选择，如果能留下来更好，不愿留下来，也一样会对你负责，不管怎么样，身体才是最重要的。”

-40-

刚知道怀孕的那段时间，让我最害怕、最担心的是该如何告诉我爸妈。

我怕他们两个人一起知道这件事会承受不住，于是打算先告诉我妈。

我和Z先生去医院做了次孕检，得知宝宝发育一切正常，我终于鼓起勇气给我妈打电话。

我还记得我妈听到这件事之后，在电话那头止不住地冲我咆哮训斥，她的每一字每一句都像针尖似的扎在我的心口，痛不欲生。

我觉得自己特别失败，也特别恨自己不争气，我妈在电话那边骂，我在电话这边哭。

我妈最初的想法也是让我把孩子打掉，因为她不想我这么年轻就被孩子牵绊。

当年她就是二十岁生下的我，可是她和我爸的感情非常不好，吵了一辈子架，我妈总后悔结婚太早断送了她的青春，所以她不想我重复她的老路……

可是我妈不知道我和她不一样，Z 先生和我爸也不一样，她更不知道我内心的真正想法，我的初衷是为了 Z 先生，而我妈的初衷是为了我。

事情已经到了这一步，没有任何退路，我必须硬着头皮走下去，我已经伤了我妈的心，不管说什么、做什么都弥补不了我所犯下的错。

哪怕前面再多阻碍我也要尽力保全这个孩子。

-41-

我迟迟不敢把这件事告诉我爸，是因为我不知道该如何跟我爸开口，我爸不像我妈，他脾气很急，如果他知道这件事不知道会有什么样的后果。

可事情终究躲不过去，我没找我爸坦白，我爸却主动找到了我。

我妈看她劝我不听，只好把所有事情一五一十地全部告诉了我爸。

我爸打电话给我时，我还抱着侥幸心理以为他不知道，厚着脸皮想和他撒娇。

直到接通电话，我爸的一句：“你是不是想活活把我气死！？”

彻底把我拽到现实中来，我爸已经知道了全部真相，一瞬间我万念俱灰。

死撑着的心也在那一刻瞬间倾塌下来。

我被吓得不知所措，一切来得太突然，根本没有给我丝毫心理准备，我紧握着手机不停地颤抖。

我爸在电话那头声嘶力竭地骂我，让我难以接受的并不是他骂得有多么难听，而是我爸所说出来的每一字每一句，就像是一把匕首在我心脏上狠狠地划上一刀。

我爸已经不想用多么粗俗的词语教训我了，他只是很难过地表述他对我的失望，这让我比挨打还要难受，我的内心被愧疚紧紧包围，终于承受不住，握着手机痛哭流涕，此时此刻我爸对我的态度由怒不可遏转变成大失所望。

我除了一边哭一边愧疚地说着：“爸！对不起！”其他什么话都说不出来。

这次我比我妈给我打电话时哭得还要伤心。

我爸这辈子最疼爱的就是我，从小到大对我一直宠爱有加，虽然我的家庭条件不好，但是我想要的，在经济范围以内的，我爸全部都会买给我，至少长这么大没有让我受过任何委屈。

可惜从我记事起就没有让我爸省过心，好不容易最近几年稍微懂事一点，我却突然做出这种不可原谅的事，这让我爸无论如何也接受不了。

打电话这短短十多分钟让我觉得比死还难受，我不知道该说些什么，只能默默听着，在我还没反应过来的时候，我爸已经挂断了电话。

整个通话过程中，我爸没有提及让我打掉孩子的事，更没有说同意我和 Z 先生结婚把孩子生下来，挂了电话我哭得更彻底、更大声。

长这么大我从来没有这么伤心过，两个都是我这辈子最爱的男人，可是偏偏要在他们中间做抉择。

我多希望这一切只是一场梦，我还是那个可以在我爸怀里撒娇的宝贝女儿。

可是现实终究是现实，我已经选择了 Z 先生，一切都已回不去了。

-42-

如果问我这辈子最痛苦的一个阶段是什么时候，我肯定毫不犹豫地回答:“让我爸妈知道我未婚先孕的时候。”

天知道那段时间我过得多么煎熬，每一分每一秒都痛苦难耐，一方面是焦急等待着爸妈对于此事的态度，另一方面是自己对父母难以言说的愧疚。

好在结果是好的，我爸妈同意我和 Z 先生结婚并把孩子生下来。

我心里松了口气，可并不觉得多么开心，因为我所谓的“幸福”是建立在父母的痛苦之上的，我对不起他们，我的爱太自私。

对于我未婚先孕这件事我从来没有跟别人隐瞒过，哪怕这件事在如今的社会看起来再平常不过，但对于我来说，却不得不说是勇气之举。

我虽不是一个思想保守的人，但也深知大多数家庭给自己家女儿定的底线。

包括我家也是，可我却打破了这个底线。

我可以很自然、很平淡地跟别人讲起这段经历，不是觉得自己多么光荣，也不是为了宣扬：“嘿！你看我多洋气！未婚先孕啊！这再平常不过了，无所谓的！”

我只是害怕一些未经世事的女孩，看到我的经历会傻乎乎地向我学习。

我的经历是一个反面教材，我只想通过自己告诫每个女孩，保护好自己，不要盲目冲动，不要随波逐流，哪怕有些事情现在看来非常普遍，你也要掌握好分寸。

身体是自己的，但是关爱你的人却不止你一人，要知道一旦受到伤害，难过的不只有你，还有你的家人，更有甚者还会葬送自己一生的幸福。

结婚生子本就是件严肃的大事，在做这件事之前，请再三考虑清楚，根据现实状况进行抉择。

人与人不同，不能根据别人的婚姻经历去断定自己的未来。

一辈子很长，做个聪明的女孩，理智对待自己的人生。

-43-

我妈让我和Z先生回家商量结婚的事情，因为Z先生有工作，所以我自己一个人先回家。

一进屋就看见我妈在忙活着洗菜，我四周看了一眼，发现我爸不在家，估计在店里忙着做生意，于是小声胆怯地喊了一声：“妈！”

我妈抬起头看了我一眼，接着一边洗菜一边温柔地说：“回来了，今天给你们包饺子吃，你想吃什么馅的？”

我妈看起来很疲惫，估计是最近一段时间因为我的事焦虑坏了，肯定很久没有休息好，我心里有些惭愧，这个时候我妈还想着给我做好吃的，于是强笑着说：“什么都行。”

我妈又问：“Z 呢？怎么没跟你一起回来？”

我赶紧回答：“他今天有工作，不过只上半天班，午饭前就能到。”

我妈接着忙手里的活儿，我坐在椅子上看电视和我妈有一搭没一搭地闲聊，心里百感交集。

这段时间因为我的事把整个家搞得乌烟瘴气，我曾幻想我妈在见到我时肯定要大骂，甚至打我一顿，可是没想到我妈居然这么坦然地面对我，这让我心里无比自责。

尽管我妈没有表现出丝毫的不愉快，可无形中我总能感觉出我和我妈之间多了一道隔阂，气氛有些尴尬，我拿着遥控器不停地换台，这时我妈一边剁馅一边平静地说：

“前几天你爸还不知道你怀孕的时候，心里一直记挂着你快过生日了，还想着买礼物送你，给你一个惊喜的，就在你生日的前三天你爸知道你怀孕了，气得礼物没买不说，还差点儿生病住院……”

我妈话音刚落，我只觉得自己心头一震，像从天而降的一个霹雳直接打入内心，紧接着眼泪像断了线的珠子噼里啪啦往下落。

我爸知道我怀孕后的第三天正好是我的生日，我怎么也想不到，我爸固执倔强了一辈子，在外人面前永远那么要强，表面看起来脾气不好难相处，内心居然这么柔软。

原来他早就想着为我制造惊喜，本来他可以很开心地给我庆祝生日，亲手送我一份他准备已久的生日礼物，却没承想我居然做出这么不可原谅的事。

我不敢想象我爸当时得知我怀孕的事是怎样一种感受，我也不知道我爸从满怀期待的开心愉悦到心如刀割的大失所望是怎样一种落差！

可以肯定的是这辈子都不会再有让我爸如此痛心的事了，我只能揣测出他的心酸难过，却不知道那几天他是怎么熬过来的。

我内心的愧疚这辈子都不可能消失。

我妈看我哭得不能自已，赶紧安慰我：

“别哭了！都过去了，等 Z 中午过来的时候咱们商量一下结婚的事。”

我一边哭一边不停地说着：“对不起！”

我妈赶紧开玩笑打圆场：

“哎哟哟！我真巴不得赶紧把你嫁出去，早嫁出去早省心，省得你天天在家惹我烦！”

我被我妈的话逗得破涕而笑，然后什么话都没说，只是盯着我妈忙碌的背影，我想就这么多看几眼，至少在嫁人之前多看几眼。

过了一会儿我妈看我情绪有所好转，一边包饺子，一边轻声叮嘱我：

“结婚以后你可不能没事就耍小性子，要学着懂点事，别老是任性，嫁过去就是他们家的人，婆婆也是妈，千万不能对她有任何偏见……”

我在旁边默默记着，轻声应允。

我何尝不知道我妈为了不让我难过才说巴不得把我赶紧嫁出去，有几个父母不想让自己的孩子在身边多留几年？

可是我很快就要嫁人了，像我妈说的一样，嫁了人就是他们家的人了，我再也不能像以前似的，没事就依偎在父母身边撒娇淘气了！

我妈说得越多我心里就越难受，本来我最期盼的事马上就要成真了，我曾做梦都想和 Z 先生结婚生子，眼看着我们就要达成心愿，可是我却一点都开心不起来。

我悔不该当初，但是又有什么办法？

从一开始就需要我抉择，我早已铁了心跟随 Z 先生一辈子，哪怕我对父母再不舍也只能默默放在心里，如果让我离开 Z 先生，我肯定更生不如死。

我恨不得把自己分成两份，一份陪着 Z 先生，一份陪着父母。

可事已至此，我除了对父母的满心歉疚与不舍，剩下的只有无能为力。

-44-

没有怀孕之前，我也总猜想，如果有一天我未婚先孕，我爸会是什么反应？

以我对我爸的了解，我猜他肯定会非常生气地把我暴打一顿。

可如今真到了这一步，我才发现，猜想终归是猜想，人的心一旦被伤透，连打骂都显得多余。

回家商量婚事那天，我和Z先生在家等我爸回来。我爸回了家，刚一进屋，我和Z先生立马站起身很有礼貌地打招呼。

我忐忑地等待着我爸火山爆发，但万万没想到的是，我爸根本不搭理我俩，甚至看都没看我俩一眼，好像我和Z先生是透明人，在屋子里根本不存在。

我爸自顾自地坐下吃饭，一声不吭，我试着和他说话他也不理，我和Z先生有些尴尬地站在一边不知如何是好。

我爸快速吃了几口饭就离开了，从回家到吃饭再到出门，整个过程不超过十分钟，这十分钟他甚至都没抬头看我们一眼。

我爸走了之后我彻底崩溃了，这时我才知道我爸根本没有原谅我，他对我的失望和伤心已经超出了我的预料。

以至于连句话都不想再跟我说，我无论如何也接受不了这样的事实，我宁愿他狠狠地骂我一顿，哪怕使劲地揍我一顿，也会让我心里好受一些，可是他的做法却让我万念俱灰！

我不想让我爸放弃我！也更希望他能约束我一辈子！

他是我爸！是我最爱的人！

好在我爸生气归生气，就算再不想理我，也不忍从此对我放任不管。

后来我爸情绪有所好转，终于肯开口跟我说话，他心平气和地跟我们说了很多告诫的话，大概意思就是希望我们不是因为冲动而结婚，婚后不管怎么样都要担负起家的责任……

我和Z先生在一边安静地听着，偶尔搭上几句话，我爸的语气平静而缓和，丝毫听不出来任何的生气与烦躁，只是多少能感觉到他的不舍与心酸。

我的心里五味杂陈，没想到我爸这么干脆就答应了我和Z先生的婚事。

我总以为为了结婚我肯定要跟家里大闹一场，虽然结果顺利得让我不敢相信，可仔细一想，倒也像是我爸妈的处事风格。

从小到大不管我要什么，想做什么，哪怕他们刚开始再反对，最后都会依着我，我就是这么被他们惯着长大的。

就像这一次，我坚决选择早婚早育，爸妈已经知道一切不可挽回，终究还是随了我的心愿，哪怕对我失望透顶，还是希望我快乐就好。

-45-

婚事定下来之后，我和Z先生总算松了口气。

那时Z先生身边只有两个哥们儿知道我怀孕，其他所有人对此都不知情，本来Z先生打算结婚时再通知大家的，可突然其中一个哥们儿在群里随口问了一句："你们俩啥时候结婚啊？"

这句话刚发出来，整个群就一窝蜂炸开了，所有人都很惊讶地问："你们要结婚了？没听说啊！怎么这么突然！？"

一看这种状况觉得没必要再隐瞒下去了，所以我们很痛快地告诉了他们实情，接着所有哥们儿纷纷表示祝福。

Z先生开心地和他们分享作为准爸爸的幸福喜悦，就像一个孩子突然得到一件梦寐以求的礼物，高兴地分享给自己的朋友看。

Z 先生抱着我拿着手机和他们聊得热火朝天，那晚他们在群里聊到半夜，整个话题全部围绕我俩展开，时而表示羡慕嫉妒恨，时而开玩笑地给孩子取名字……

在一起这么久从来没有见 Z 先生笑得这么开心过，这让我更加笃定留下孩子是最正确的选择，他不知道，只要他开心，我做什么都愿意，为他不顾一切是爱情，不在意未来是我所能表达的真心。

-46-

其实我第一次去东北的时候，并没有觉得东北有想象中那么冷，那个时候正好是十月，去之前天气预报显示 Z 先生的老家已经下过几场雪了。

我们一家人都是南方人，长这么大从来没有去过东北，只在电视或网上的报道中看过，以为东北特别特别冷，所以来东北之前每个人都带了几件特别厚的衣服。

但是下了火车之后才感觉东北的温度比我想象中要好很多，可能因为还没有到真正冷的时候，也可能是因为我们穿得比较厚，温度还是可以适应的。

Z 先生的家很远很偏，有多远呢？

这么说吧，我们坐了一天一夜的火车，下了火车，公公和几个亲戚亲自开车来接我们，从火车站到他的家，开车又走了一个小时。

他们那儿的住所大都在山里，一路开车往家赶。

路途中可以清楚地看到道路两边各种崇山峻岭，连绵的山脉映入眼帘，因为刚下过雪，万里素裹，非常壮美。

从小到大从没有这么近距离接触过大山的我，一边欣赏着车窗外秀丽的风景，一边想着：我终于知道为什么爸妈总说距离太远极力反对了，现在我终于亲身体会到了。

关键是我马上就要嫁到这么远的地方来，想着想着我有点后悔害怕起来，在车上愁眉苦脸地冲 Z 先生嚷嚷：

“你家也太远了！我根本就没想到会这么远！我不管，反正咱俩刚恋爱那会儿就说好了以后不在老家发展定居，无论如何我也不要在这么远的地方待！”

Z 先生看着我哈哈大笑，像是好不容易得逞，开心地说：“你放心！一切都听你的。”

现在回想，我怎么总觉得自己好像是被 Z 先生骗到手的呢？

–47–

想起第一次见家长的时候，我至今都觉得特别尴尬。

当时下了车，我很不好意思地跟在 Z 先生的身后，一进屋就傻眼了，家里坐了满满一屋子的亲戚，本来正聊得热火朝天，看见我们进屋了赶忙站起身来欢迎我们。

我们一行人顿时觉得有些受宠若惊，为了表现出自己很有礼貌，没等Z先生介绍，我就挨个向他们问好——微笑着点头说你好。

之前我虽然没有见过婆婆本人，但平时Z先生和婆婆视频聊天的时候，我在电脑里也见过几回，对婆婆的模样有个大概印象，就在我害羞地跟大家打招呼的时候，朝我迎面走来一阿姨。

我一看她和视频中的婆婆很像，也没有多想，非常自信地猜测这肯定就是Z先生的妈妈了，于是自告奋勇地主动跟人打招呼："阿姨好！"

阿姨笑了笑说："坐了一天的车累坏了吧！赶紧休息。"

于是我屁颠屁颠地坐到一边。

这个时候从厨房又走出一位阿姨，对我们一家人嘘寒问暖，并且很关切地问我怀孕反应大不大，坐车有没有受罪，听到Z先生叫她妈，再加上她和视频中的婆婆才是一模一样，我才反应过来，原来自己刚才认错人了，天知道我当时有多尴尬。

虽然Z先生和婆婆不知道，但想起自己刚才一系列过于殷勤的表现，我还是恨不得找地缝钻进去。

到后来我才知道，原来那天我见到第一个和婆婆很像的人，是婆婆的妹妹，Z先生的亲小姨，两人几乎一模一样，难怪我会认错人。

–48–

说到底还是没经验，第一次见家长我也能出这样的乱子。

后来我跟Z先生说起这件事时，他在一边乐得前俯后仰，鄙视地说："这也能认错，你个彪子。"

其实我生活中并不是一个很讨喜的人，不管是对同事上司，还是对亲戚朋友，我都不是特别会取悦人，加上我嘴笨，又懒又倔，做事磨磨叽叽，所以我很害怕Z先生的亲人第一次见到我会不喜欢我。

但去了他们家我才发现是自己多想了，从我一进门，Z先生家的所有亲戚朋友就围着我以及我的家人嘘寒问暖，给我们挨个斟茶倒水。

丑媳妇见公婆，我又不是灵巧的人，除了紧张什么都不会。

吃饭的过程中，Z先生的亲戚当着所有人的面不停地夸赞我，从小到大，第一次被这么多人喜欢，第一次受到这么多称赞，那种喜悦真的难以言表。

我觉得人和人之间真的是有磁场效应的，有些人你们第一次见面时就互相排斥，哪怕后来朝夕相处，你发现他是个很不错的人，还是很难对他产生好感，这种是抵触磁场。

而有些人哪怕你们从来没见过，光是从别人口中听说就已经对他格外喜爱了，这种是吸引磁场。

我想我和Z先生以及他的家人之间，就是这种相互吸引的磁场，不然为什么可以那么轻松地和Z先生在一起，还那么轻松地在第一次见家长时，就获得所有亲朋好友的一致好评呢？

–49–

第一次去东北的时候，我邀请我姑跟我们一起去的，我姑性格随和，遇事从容不迫，说话办事也比较有涵养，哪怕别人一窝蜂吵起来，她也能特别理智冷静地帮忙解决问题。

加上我姑能说会道，有她在我一点都不害怕双方家长见面聊天时产生不好的分歧，也不会让我和爸妈单独相处时显得特别尴尬。

我跟我姑的感情很好，从小到大我所有的姨、舅、叔之类的亲戚中只有我姑最疼我（其次是我小舅），我的第一双带灯的运动鞋、第一架电子琴、第一双旱冰鞋……都是我姑买给我的，长这么大我姑没少往我身上花钱，虽然我是她侄女，但她对我就跟亲闺女似的，而我跟我姑长得还特别像。

其实我和Z先生之所以能顺利结婚，一是多亏了我姑没少在中间帮忙出力，二是因为我爸妈被Z先生的家风给打动了。

我不知道是不是整个东北都这样，至少Z先生他们家的家风真的特别正。

上到八十岁的爷爷，下到两三岁的小弟弟，每个人都特别随和，亲戚朋友十分热情，不管谁家需要帮助，只要一句话，其他有点关系的亲人就全部主动来帮忙，是一个特别团结的大家庭。

我爸妈当初去了东北之后，没有立马同意我们的婚事，他们觉得Z先生的老家实在太远，家庭条件又不好。

他们的初衷是希望我找个家庭条件好离家又近的，可偏偏事与愿违。

为此我爸妈那段时间没少着急，答应婚事也不行，不答应也不行。

可我姑不这么想，在我姑眼里人品素质才是最重要的。

看我爸妈为此很苦恼，我姑主动劝说：

“你们还想让维亚找个什么样的？有钱有势离你们近的？先不说这样的家庭讲究门当户对，就算有幸嫁进这样的家庭，像维亚这么不懂人情世故的，能处理好家庭关系吗？ Z 的家庭条件虽然不怎么好，但能看出他们一家人都很纯朴善良，在这样的家庭里，维亚以后不会受欺负，而且离得远也没关系，他们俩都还年轻，又不在老家发展，现在交通这么便利，去哪儿不方便啊？”

我姑苦口婆心地说了很多安慰的话，本以为我爸妈怎么着也能理解一下，谁知道一开始我爸没生气，听完我姑的话立马暴跳如雷：“你懂什么？说得倒简单，你知道我的良苦用心吗？”

我姑一看我爸不听劝告，还把心里的憋屈借势往她身上发，于是一向不发脾气的她愤愤不平地冲我爸喊道：

“我怎么不知道你怎么想的？你那臭脾气，倔了一辈子，不管别人说好说坏你都不听！永远认为自己是对的！不说别的，光说 Z 的家风，我就不信你看不出来，他们一大家子家风多么正，团结友爱，其乐融融，对比一下咱们家有过这样的体验吗？夫妻俩天天吵得不可开交，亲戚之间更不用提，有几个关系近得能像他们家这样？你们也别总怪维亚怎么样，她走到这一步你们做父母的也有推脱不了的责任……”

我姑一口气说了很多话，大概意思就是这些，这番话可能戳到我爸的痛处了，我姑那么大声地冲他嚷嚷，他居然没有反驳，只是很平静地听着没有再发表任何意见。

-50-

虽然我爸对我有些恨铁不成钢的感觉，但内心也有多多少少的歉疚，我年纪很小的时候他就外出打工赚钱，对我疏忽管教和引导，他觉得自己没有尽到一个父亲的责任，才导致我后来走了那么多弯路。

我又何尝不懂我爸的良苦用心呢?

哪个做父亲的不希望自己的女儿有个好归宿，可偏偏他们眼里的好归宿和我眼里的不一样，所以才产生了巨大分歧。

其实我姑这番话说得很对，我之所以固执地选择Z先生，一是因为我真的很爱他，二是因为他给了我前所未有的家的温暖。

虽然我爸妈都很疼爱我，但在我的印象中他俩不是吵就是打，从来没有心平气和地说过话，甚至大年三十的晚上都能打起来。

我爸在我九岁的时候就去了北京做生意，和我妈一直两地分居，一年只见一回面，就连通个电话也能吵得不可开交。

他们以为吵架对我没什么负面影响，实际上我每次看到他俩争吵内心的波动都很大。

我家亲戚之间感情淡薄，却很物质，关系稍微远一点的亲戚都断绝来往不走动，不管什么时候，都把钱放在第一位，很多亲戚势利到根本没有办法和他们正常相处。

这点Z先生和我家恰恰相反，他的家是一个温暖有爱的大家庭，亲戚朋友也是一方有难，八方支援的那种，谁家有什么困难，只要打个电话，能帮忙的人就毫无怨言地过来帮忙。

我曾一度羡慕他在这么温馨的家庭中长大，后来才知道他小时候和我一样，父母也总吵架，同样经历过那些难熬的日子。

我还记得Z先生跟我说起他小时候的一段经历：

“有次半夜我爸妈吵得特别凶，我妈拉着我跑出门外，那时我才四五岁，什么都不懂，我现在还记得，我妈牵着我走在马路上，不肯回家。”

Z先生说起这段经历的时候特别平静，但我知道当时的他肯定害怕极了，我们看似有着相同遭遇，实际上Z先生要比我幸运得多，因为后来公公婆婆之间的关系逐渐缓和，很少争吵打闹，一家人的生活也越来越和谐。

可这么多年过去，我家还是一成不变，爸妈之间的关系甚至越来越糟糕。

我总结了一下我们两个家庭环境不同的原因，发现公公婆婆的关系之所以能够变好，是因为他们两个都懂得知足，而且每次吵完架都能意识到自己的错误，并一起往好的方面改正。

而我爸妈和他们相反，我爸妈野心很大，可惜能力不足，就算吵架也只是推卸责任，固执地认为都是对方的原因，自己一点错都没有。

心态不同，对待事物的眼光不同，造就的生活环境更是不同。

遇到Z先生之后，看他有个这么幸福的家，我真的特别羡慕。

因此第一次去他家的时候，我和我的父母都被他的家庭氛围所感染，至少那种其乐融融的样子是发自内心，没有掺杂任何东西的。

结婚，不是两个人的事情，是两个家庭的事情，嫁人，也不只是嫁给一个男人，更是嫁给一个家庭。

选择什么样的人结婚，就成就了什么样的婚姻生活。

Z先生的家拥有的美好氛围虽然不值一提，却是我们最缺失的东西。

和 Z 先生在一起，他完美地弥补了我人生中的所有缺憾。

-51-

我和 Z 先生结婚的时候没车没房还没钱。

我家没有出嫁妆，他家没有出礼金，其实也不能说一点礼金都没有，只不过我爸妈看他们家条件不好，就没有要，后来婆家给我俩准备了一些钱，让我们自己留着花。

这点让我至今都觉得很愧疚，一是愧疚于婆家，没有带嫁妆就嫁过去；二是愧疚于父母，别人家嫁女儿怎么着也能收到点礼金，可是我却什么都没能带给他们。

其实我爸妈这边都好说，毕竟是我的亲生父母，很多事他们可以理解，只是不带嫁妆就结婚，我怕婆家会戴有色眼镜看我。

事实证明是我想多了，婆婆得知我爸妈不给我准备嫁妆的时候，没有一丝不悦，非常痛快地答应了，还夸赞我爸妈能把我这么优秀的女儿嫁到他们家就已经足够了，嫁妆有没有都无所谓，而且婆家也没有给我们准备一些物质性的东西，只要我们两个年轻人过得幸福就好。

后来我常常在想，为什么那个时候 Z 先生什么都没有，我还敢那么决绝地嫁给他呢?

大概是因为我爱他，真的真的很爱他。

爱情让人冲昏头脑，使人丧失理智，甚至还可以打破人的底线。

不可否认地说，我其实是个很现实的人，也曾固执地认为:

“没有物质的爱情就像一盘散沙，风一吹就散了!”

可当事情发生在自己身上的时候，才发现所有的理智全被抛之脑后，有没有钱又怎样?有没有背景又如何?我要的只是他这个人，仅此而已。

他可以是千万富豪，可以一贫如洗，我不在意他是什么身份，可以给我什么样的生活，和他在一起的那刻开始，我就做好了和他过一辈子的打算。

-52-

我和 Z 先生顺利地订完婚，我的心事也总算解决一半。

订完婚之后，我爸张罗着要回北京，临走前他把我单独叫到门外，耐心地对我说:

“你这马上就要结婚了，不能再像以前那么任性，在婆家懂事勤快一些，没事帮你公婆做点家务，他们也挺不容易的，跟人好好相处……”

我爸跟我说了很多话，字字句句饱含了对我的不舍与心疼，我默默应允着，心里难过得不能自已，眼泪在眼眶里打转不敢掉下来，我怕我一哭我爸会更伤心……

我爸走之后我才真正意识到，我再也不只是父母的宝贝女儿了，现在的我已经是个准新娘、准儿媳、准妈妈。

我的身上多了几个不同的角色，也增加了更深层次的压力与责任，我的人生发生了天翻地覆的改变，从此以后我必须重新设定，勇敢面对……

–53–

离开父母身边重新融入到别人的家庭中生活，我有些无所适从。

因为对公公婆婆不了解，加上以前我总在网上看到很多婆媳不和的例子，阴暗地以为世界上所有的婆婆都一个德行，哪怕现在对我好也只是暂时装出来的，说不定婚后对我就另一副嘴脸，所以我每天都紧绷神经表现得格外乖巧。

在娘家被爸妈惯出的一身臭毛病，丝毫不敢在婆家表现出来，生怕婚前就惹得公婆不高兴。

脑海中谨记我爸交代我的话，无时无刻不在提醒自己要学得勤快懂事。

哪怕怀着孕，也会争着抢着做家务，长这么大我都没有这么勤快过。

后来种种事情表明我之前的想法真的太狭隘了，公公婆婆一直待我如亲生女儿。

每次我刚要刷碗擦桌子，他们就赶紧把东西接过去不让我碰，叮嘱我注意身体多休息，家里一切事务都不用我管。

感觉自己就像一个国家级保护动物，不操心不着急，每天吃了睡、睡了吃，所有条件他们都尽可能地满足。

刚开始我还挺不适应，心想：我要是什么都不做，公婆会不会嫌我太懒了？

可是每次我只要一做家务，就会被婆婆好意阻止，所以我索性就彻底不管。

人都说“懒人有懒福！”我觉得这句话用来形容我再合适不过了。

嫁到婆家这么久，公婆对我一如既往地好，我几乎没做过什么家务，无非就是洗洗自己的衣服，扫扫地，甚至连一个碗都没有洗过。

其他所有的事情他们都会处理好，从来没有指责过我，或者埋怨我一句不是。

我在娘家什么样，在婆家依旧什么样，不用刻意假装，也没有一丝顾虑。

这让我想起曾经看到的一段话：

在一个喜欢你的人面前，无论你说什么做什么都是对的，而在一个不喜欢你的人面前，无论你说什么做什么都会被挑剔。

很多时候，对错不是局限于某件事，而是建立在整个人身上。

爱你的人，哪怕你一无是处，他也会把你视如珍宝，不爱你的人，哪怕你做得细致入微，他也能对你吹毛求疵。

-54-

Z 先生是个很事儿的人，吃饭穿衣都有很多要求。

他自己是这样，对我更是如此，平时日常生活穿的衣服都要他自己亲自挑选。

我俩刚在一起时我不太懂，根据自己的眼光给他买过几件衣服，那时他不好意思吐槽，虽然嘴上说着好看，但是一次都不穿。

后来在一起久了，他就会责备我不经过他允许就给他买衣服，因为我给他买的衣服他全都看不上，每次买回来要么去退掉要么就放在家里压箱底，几次折腾以后我发誓再也不给他买衣服了！

重点是，每次陪 Z 先生逛街我都身心疲惫。

别的情侣都是女的挑来挑去各种逛，男的随便一买就回家，我俩恰恰相反，我是那种给自己买衣服超神速的人，只要款式好看、价格合理，交钱走人，甚至试都不试。

但是 Z 先生不同，哪怕只买一件 T 恤他都能在商场里逛一下午。

他买衣服超级细致，能够细致到何种程度呢？

比如说一件衬衫整体上他觉得都还不错，但因为袖口多了个花边他不喜欢，那么他就会放弃重新挑。

在他的字典里，宁可不要，也不会凑合。因此每次陪他逛街我都能累个半死。

刚开始我俩还老因为他买衣服这事吵架，我嫌他买衣服太磨叽，他嫌我只知道应付。

这个特点这么多年从没改变，包括给我买婚纱的时候也是这样。

因为我那时候怀孕体态臃肿，穿什么都不好看，导致买婚纱时，我试了很多件都不满意，怎么看都丑，最后我差点儿失去信心，自暴自弃地想着随便买两件得了。

但是他不这么想，他认为结婚是人生中的大事，要尽可能地给我最好的。

我俩从城东逛到城西，他带着我在商场里挨家挨户挑，根据我的身材肤色挑选适合我的款式，好不容易看上一件婚纱还不错，因为裙摆的地方多了几朵花让他不满意，他便皱皱眉头放弃这件，再重新挑选。

刚开始我还会发表自己的意见，最后逛得太久眼花缭乱、身心疲惫，我索性把挑婚纱这项艰巨的任务全权交给了他。最后逛了一整天终于挑了两件他最满意而且最适合我的婚纱。

那个时候我还抱怨他事儿多，可后来回想，Z 先生的表现也确实用心，哪怕给不了我最贵的，也要给我一个能力范围内最精致的。

如果说给我买婚纱已经够麻烦了，那么 Z 先生给自己买西装更是磨叽。

想要给 Z 先生挑一件显身材、板型正、款式新颖、价格合理，最主要能入他法眼的西装实在不易。

我俩逛了很多个地方，他看不上的西装都不正眼瞧一下，我跟在他屁股后面心里暗自骂了他好多遍，他看了试，试了脱，来来回回，最后好不容易看上一套板型很正，他又比较喜欢的，可价钱太贵，他想了想还是放弃了。

虽然 Z 先生对待自己穿衣打扮很细致，但是在一起这么多年他一直都很勤俭节约，衣食住行能省则省，就为了把钱都留着给我花。

突然让他买一件这么贵的西装，想都不用想他肯定会拒绝。离开那个店之后，我和他又逛了其他的几家店，也试穿过几套别的款式，但不管怎样都没有达到他心里的预期。

看得出来他真的非常喜欢那件西装，只不过想省钱不愿意说，于是我主动劝 Z 先生回去买下它，在我一连串的语言攻击下，他还是动了心，很听话地跟我一起回去把那套西装买了回来。

Z 先生有个特点，每次逛街的时候，待他的所有东西全部买齐，也必须给我买点东西才行，哪怕我什么都不需要，再三拒绝都不可以，用他的话说就是：

“我给自己花了那么多钱，不给你买点东西，心里不好受。”

所以本来说是陪他逛街，最后变成我俩都满载而归。

那天买完西装之后，Z 先生执意要给我也买点东西，最后拗不过他，我挑了个黄金吊坠，他才肯罢休。

有时真的感觉 Z 先生的脑回路和正常人不同，好像对他而言，给我花钱比给他自己花钱还要开心。

我想这世界上，除了父母，再也没有人能像他这样疼爱我。

–55–

好像每段恋情中都有一个让人特别恶心的前任。

Z 先生的前任 F 就像一块牛皮糖，死死地黏着他，甩都甩不掉，让我非常厌恶。

本来她已有很长一段时间没再骚扰 Z 先生，眼看就要彻底消失在我们的生活中。

没承想在我刚刚放松警惕，准备和 Z 先生结婚之前，她不知又从哪儿蹦了出来寻找存在感。

因为 Z 先生工作繁忙没时间照顾我，所以我打算回老家住段时间。

车票订的是夜里，临行前我跟 Z 先生去我爸那儿吃饭，到我爸家里之后，我爸在厨房忙着做饭，我和 Z 先生一边看电视，一边有一搭没一搭地闲聊。

这个时候 Z 先生的手机突然响了一下，他很自然地拿出手机看了一眼，迅速把目光转向我，冲我尴尬地笑了笑。

看他这反应我猜测肯定没好事，于是一把将他手机抢了过来，果真如我所料，手机上有一条刚刚收到的陌生手机号发来的短信：

“我梦到你了！你还好吗？我好想你……”

我一看归属地来自 J 市，不用猜，这条短信肯定是 Z 先生的前女友 F 发来的！

没想到过了这么多年，F 对 Z 先生还是念念不忘，挺深情啊！

为了不让 F 打扰我们的生活，Z 先生已经换了很多个手机号了，但 F 居然每次都能轻松弄到他的新号，然后接着纠缠。

只是自从我俩在一起之后，Z 先生就没再搭理过她，对她的一系列骚扰也直接无视。

F 这种死皮赖脸的精神可真够执着的。

Z 先生愣在那儿挠了挠头，冲我不好意思地笑着，我斜了他一眼，二话不说，拿起手机快速地打字回信，他看我要回信赶紧阻止：

“你别回短信啊！赶紧删了这条信息，就当没看见！要是跟她吵起来，你可骂不过她，我不想你吃亏受欺负！”

我装作没听见 Z 先生的话，看都没看他一眼，接着噼里啪啦地打字：

你老这么纠缠有意思吗？分手这么多年了！自尊自爱一些吧！给孩子做个榜样！

我编辑了满满一页的字，再三确认之后按了发送键，然后迅速地把 F 的手机号拉黑，毕竟我确实挺害怕 F 回短信骂我。

我这人反射弧长，每次和别人吵架的时候，都比别人慢半拍，等被别人骂得狗血淋头拍拍屁股走人之后，我才反应过来应该如何回嘴。

每次吵架都吃亏，因此我学会了骂不过就跑的自卫方式。

我回完短信以为这样就完事了，F 就算再火大，也没法回短信，因为我已经把她拉黑了。我抬起头，面不改色地对 Z 先生说道：“短信我回完了！她的手机号我也拉黑了！”

Z 先生笑着哄我：“好了好了！你别生气就行！”

我没再说话，不生气是不可能的，虽然 Z 先生自始至终都无视她，但遇到这种情况换作谁心里不堵得慌。

于是我跟我爸打了声招呼说要出去溜达溜达，然后快速地走出家门，Z 先生见我出门赶紧追了出来。

我在路边站着生闷气，他从我的后背一把抱住我，小心翼翼地说：

“别生气了！不要因为她影响了自己的情绪！”

我一边努力挣脱，一边生气地说：“你走开！别碰我！”

他紧紧地圈住我，很无奈地嘟囔：

“你跟我发什么火啊！又不是我让她发的短信！你这样我简直太无辜了。”

Z 先生的这番话让我心里得到些许安慰，是啊，他和我在一起之后就已经和过去断得干干净净了，我不该把责任全部推给他，说到底他也是受害者。

可道理我都明白，内心还是转不过弯，我气 Z 先生为什么要处一个这么难甩的前女友？我气自己为什么不能是 Z 先生的初恋？

可是这些想法只能是空想，我除了把一肚子的火气往 Z 先生身上发，别的也无能为力。

我没有再说话，在原地站了一会儿便转身进屋了。

吃完饭我借着上厕所的缘由想出门透透气，天色已晚，Z 先生不放心，也跟着一起出来了。

刚走没几步他的手机又响了，他拿出手机还没来得及看就被我一把夺了过来，万万没想到居然是 F 的短信，我有些疑惑：我不是已经把她拉黑了吗？为什么还能收到短信？

检查一看，原来拉黑之后我忘了开启短信拒收的功能了，这才让F钻了空子回了信息。

我赶紧打开短信，这是一条很长很长的短信，具体的内容我已经记不清了，大概意思就是：

Z是什么样的人你了解他吗？你懂得他的野心吗？虽然我和他在一起时间不是很久，哪怕现在已经分手，我也可以清楚地告诉你Z这辈子最爱的人是我，唯一一个就是我，你以为和他在一起就得到他了？别做梦了！他心里除了我谁都没有！……

估计是之前我回的短信内容有些难听惹火了F，她回了很长的一条短信刺激我，我气得瑟瑟发抖，死命地咬着嘴唇，愣在那儿不知如何是好。

Z看我情况不妙猜到了F肯定是说了很难听的话，一边安慰我，一边想要拿走手机看内容，我紧紧地握住手机不给他。

呆滞片刻狠狠地打字想要骂回去，刚输入没几个字F的短信又来了：

还有一点，我可以告诉你，我老公知道我和Z的事，但是他很爱很爱我，从来不管我不说我，我们一家三口生活得非常幸福，不管我是否结婚，Z的心始终在我这儿，你们俩能不能走到底还不一定呢……

看完这两条短信我再也抑制不住内心的情绪，所有的负能量瞬间一拥而上，从来没有如此憎怒恐惧过！

F果真如Z所说，没那么好对付，她的话字字句句戳中我的痛点，用词精准有力，每个字都像一根尖锐的针，狠狠地扎进我的心里。

我死死地咬着嘴唇，本想快点回信与她争辩，却发现我被打击得脑子一片空白，不知道该说什么，无助和难过包围全身，我打了删，删了打，短信让我编辑得乱七八糟始终没有发出去。

握着手机的手不停颤抖，找不到合适的话去反驳她，再多的言语都显得苍白无力，我只觉得心里好恨！

我开始有些相信 F 的话，说不定 Z 先生真的只爱她一个，我开始怀疑 Z 先生对我的感情！对！仅仅因为一条毫无根据的短信，我竟然怀疑我和 Z 先生在一起这么多年的感情！

那一刻，我不知道自己多年来的付出算什么？好像一切都变成泡影，如果真像她说的那样，我才是这段感情中最遭人耻笑的小丑！

我不知道这样下去结婚还有什么意义？

当初执意留下孩子也成了错误的决定。我越想越觉得自己好失败！好懦弱！

一气之下把 Z 先生的手机狠狠往地上一摔，接着站在马路边上大哭起来。

此时此刻一头雾水的 Z 先生看到我这么犯神经彻底火了，他并不知道 F 跟我说了什么，他只知道我因为一个不相干的人跟他大动肝火，还把他的手机摔了！

Z 先生生气地对我说：

“我早说过不让你回短信，不让你回短信，你为什么不听！？你根本就骂不过她，我不想你受欺负！而且自始至终我都没有理过她，到底我怎么做你才满意？”

我哭着质问 Z 先生：

“她说你这辈子只爱她一个是真的吗？你是不是真的还爱着她？”

Z 先生皱着眉愤愤地骂道：

“她把咱俩的感情都搞成这样了！我恶心死她了！”

Z 先生的情绪特别激动，像是要把压抑在心中的不快全部发泄出来。

他这番话说得难听，但我心里听着痛快，我想没有哪个女孩希望男朋友和自己在一起的时候还惦记着前任。

知道了他内心的真实想法，我感觉好受许多，没有接着再问，只是坐在路边的台阶上抱头痛哭。

Z 先生走过来默默地坐在我的旁边，一句话都没说。

已经夜里九点多钟，北京冬天的夜里格外寒冷，加上刚刚经历的这件事，我的心已经寒冷似冰。

我俩就这么在路边台阶上一直坐着，相对无言，过了很久我哭够了、坐累了，调整好情绪，站起来拽着 Z 先生的衣服轻声说：“走吧！回家吧！”

他抬起头皱着眉叹了口气跟我回了家。

在家待了一会儿我还要去火车站赶车，因为发生这件事，我和 Z 先生的心里都不太好受，是的，尽管他已经表明了立场，但我还是很生气，毕竟 F 的一番话对我的伤害实在太大了。

我越想越心烦，索性决定自己一个人去车站，不让 Z 先生送，我一边打出租车，一边冷冷地跟他说：“你回去吧！别送我了！我自己去车站！”

Z 先生不说话，默默地帮我把行李放入后备厢，接着迅速钻进了出租车。

路上我一再强调不让他送，撵他下车，他一句话都没说，还是默默坚持把我送上了火车，候车的时候我俩也是各忙各的，谁都不理谁，上车前连个留恋的拥抱都没有。

火车发动之后，我心里越想越不是滋味，却在这个时候收到 Z 先生发来的一条短信：

对不起！今天不应该跟你发火！当时真是气糊涂了，因为你老是把责任推给我，我觉得冤枉委屈才没忍住发了火！我不知道她都跟你说了些什么，但是你要记住，不管她说什么，我是爱你的，也只爱你一个人，你要相信咱们俩在北京这么多年的感情，它胜过一切，不要因为她挑拨离间的几句话就中了她的圈套，咱俩好好的才是对她最有力的打击……"

看完他的短信，我那颗冰封的心瞬间缓和许多，赶紧追问：

"可是她说她才是最了解你的人，我都不了解你，我不相信你现在对她一点感情都没有。"

Z 先生很快回了短信：

"别听她瞎扯，人是会变的，她了解的是几年前的我，我现在什么样她根本就不清楚，她是在骗你的！情已断！我对她没有任何感觉，也不想和她再有任何瓜葛……"

我俩发着短信聊到凌晨两点多，他的话让我重拾信心与安全感。

正如 Z 先生所说，我应该相信他，而不是相信那些挑拨离间的话，我应该好好珍惜和Z先生在一起的每一天，用心经营我们的感情，绝不能中了F的圈套。

她越是希望我和Z先生吵架闹矛盾，我们就越应该当作什么都没发生，恩恩爱爱过自己的生活，只有这样才是给她最有力的打击！

很庆幸这件事，没有影响到我们的感情，虽然那段时间我心里一直都有芥蒂，但每天我和Z先生保持密切的联系，以及他种种优良表现，终于让我把这件事彻底放下。

F并不知道我和Z先生马上就要结婚了，我也不想让她知道，以免让她以为我是赌气和Z先生结婚，而且我还幼稚地担心F会大闹我们的婚礼。

Z先生第二天又跑去换了新的手机号，后来我才知道，之所以Z先生每次换完手机号，F都能联系上他，是因为Z先生的哥们儿中有一两个和F的关系特别好，只要F稍微一打听，就能得知Z先生现在的消息，想要手机号更是轻而易举。

为了避免这种事件再度发生，我在他哥们儿的群里郑重其事地警告了每一个人，不允许再把Z先生的手机号告诉F。

我说得很严肃，语言表述得也不怎么好听，这是我第一次在他的哥们儿面前发这么大的脾气，只是因为我不想再有任何人打扰我们的生活。

这么多年F一直想以一种温柔感性的知音身份出现，可是她的如意算盘打错了，Z先生对此压根儿不买账，加上我毫不留情的语言攻击让F彻底绷不住，直接气急败坏、原形毕露。

时隔多年，我再回想这件事时，内心没有一丝波动，我承认当时的自己太冲动、太莽撞，可我本身就不是一个遇事冷静的人。

为了Z先生，我和F相互把对方当成敌人，持续了很长一段时间没有硝烟的战争，好像只要把对方打败，就可以独享胜利品，永远安心地拥有Z先生。现在看来，这种想法真的非常幼稚。

在我中了F圈套,不停和Z先生吵闹的时候,Z先生早已看穿一切，机智地帮我厘清思路，把我带到现实中来，这才没能让F的计谋得逞。

从一开始他就和我站在一边，只是那时我对他缺少信任，我怕他忘不了过去会回头，怕他经不住诱惑会离开。

因为缺乏安全感，让我差点儿亲手摧毁我们的感情，以至于现在回想都有些后怕。

幸运的是，不管我曾经多么幼稚，Z先生始终在我身边从未离开。

这些年，他用实际行动告诉我，他有多爱我，我不再患得患失，不再敏感自卑，不再害怕谁把他抢走。

现在的我对他有足够的信任与安全感，这些都是他赠予我的。

一辈子很长，只有经得起考验诱惑和岁月磨砺的爱情，才会如陈酒一般醇馥幽郁。

–56–

孕中期的时候，我妈陪我去医院检查，怀孕过了三个月宝宝的性别基本定性。

虽然我们所有人都没有重男轻女的思想，但我还是比较好奇宝宝到底是男是女，如果可以提前知道性别，我就能够按照性别给宝宝取名字，以及准备衣物用品。

Z 先生打小就想要个妹妹，听他说，小的时候他问婆婆自己是从哪儿来的。

婆婆说他是在河边捡的，于是单纯的 Z 先生就以为小孩子都是在河边捡的，从那以后，没事儿的他就跑到河边“捡妹妹”……

很遗憾，因为种种因素，婆婆后来始终未能给 Z 先生生个小妹妹，所以 Z 先生特别羡慕那些有妹妹的人。

可能老天爷都替他感到惋惜，所以在多年之后，安排他遇见我了，并且让我给他生了一个女儿，弥补他小时候内心的小缺憾。

每次看到 Z 先生对小满细致入微的疼爱，我都能想象，如果他真的有个妹妹，那么他也肯定是一个特别优秀的哥哥。

–57–

我公公觉得男孩女孩都一样，他都同样喜爱。

婆婆更喜欢女孩。

当年她怀着 Z 先生的时候，就天天期盼 Z 先生能是个女孩，没想到 Z 先生出生以后才发现他是个小小子，这让婆婆失望了好一阵。

不甘心的婆婆始终没改变自己的喜好，于是 Z 先生小的时候，婆婆一直把他当女孩养，每天给他穿裙子扎小辫。

婆婆年轻的时候很会做衣服，Z 先生小时候的衣服几乎都是婆婆自己做的，而且都是各式各样的小裙子。

就这么把 Z 先生当女孩养到六七岁，家里的亲戚实在看不惯都劝婆婆不能再这样下去了，不然以后性格什么的真改不过来，从那以后 Z 先生才算恢复本来该有的样子。

婆婆家现在还有 Z 先生小时候穿裙子扎小辫的照片，活脱脱就一小姑娘，特别秀气，小满头发留长扎起小辫的样子和 Z 先生一模一样。

我现在还经常调侃他：

“幸亏你家亲戚劝得早，要不然多等几年，你妈想给你改都改不过来，说不定你性取向之类的就彻底变了……”

–58–

婚期将近，我和 Z 先生提前回到东北准备婚礼的一些事项。

我俩对于结婚的想法一致，不用过分追求精益求精，只要简单温馨就好，毕竟结婚这种事，感动的是自己，而不是别人。

能够当着所有亲朋好友的面，把自己的一生交付对方，一起接受所有人的祝福与见证才是最重要的。

圣诞节那天，东北下了好大的一场雪，我和 Z 先生去表哥家吃晚饭。

东北天黑得比较早，下午四点左右天就已经全黑了，天气很冷，温度很低，马路上看不见几个行人。

大雪纷飞，一片一片飘落在我们的头发上、睫毛上、肩膀上，我挽着 Z 先生的胳膊，走在漫天大雪里，踩着嘎吱嘎吱的雪，脚步不紧不慢，雪中留下一串串走过的脚印。

走着走着我甩开 Z 先生的胳膊，开心地蹦蹦跳跳，伸出双手接住落下的雪花，Z 先生默默跟在我身后微笑地看着我……

此时此刻，我的内心温馨又平静，经历了这么多，我和 Z 先生的爱情终于快要开花结果。

我比谁都清楚这结果得来不易，也比任何人都更珍惜。

在这个平凡的世界中，我有幸遇见他，有生之年，我只想和他在一起，只要心存对方，无论怎样，哪怕什么都不做，就算耗尽余生也没关系。

-59-

和一个快要结婚的朋友约饭，吃饭的时候她告诉我，本来结婚是件很高兴的事情，可是一想到快要结婚，不但开心不起来，反而心情特别低落，严重的时候还会抑郁，产生一种想要逃婚的冲动。

对此我表示特别理解，作为一个过来人，我也曾经历过这个阶段。

从订婚之后我的心情几乎没怎么好过，只要一想到结婚，恐惧、后悔、难过的情绪一拥而上，紧紧地包围着我让我喘不过气来。

日子每过一天，这种感觉就浓烈一些。

之前总渴望快点完婚，到那一刻却希望婚礼那天晚点到来。

第一次深刻感受到自己对父母的不舍，好后悔婚前不能好好陪陪爸妈，尽管爸妈总说，婚前婚后我一样是他们的宝贝女儿，但我的内心多多少少还是有些心结。

哪怕婆家人待我不错，还是压抑不住内心的难过，很多事都不敢想，一想就很难控制情绪，忍不住地哭，每次哭还只能偷偷躲在被窝里哭，生怕被人看见说我矫情。

所以当朋友跟我诉说婚前一段时间的心里想法时，我真的非常非常理解。

世界上本就没有感同身受这回事，每个人的经历都不同，很多时候，没到那个地步就体会不到当事人的感觉。

外人看你嘻嘻哈哈、蛮不着调，以为你心大不藏事，什么都不在意，实际上你的所思所想、种种情绪只有自己清楚。

很多事要自己默默承受，有些话只能说给懂的人听。

–60–

结婚的前一天晚上，我躺在床上翻来覆去地睡不着，心里的情绪十分复杂，一边是对家人的留恋不舍，一边是终于修成正果的激动喜悦，两种感觉交杂在心中难以言表。

我躺在床上拿出手机给 Z 先生发了条微信：老公，我终于要成为你的妻子了！

发过去以后我抱着手机傻笑，幻想他看到之后会不会感动得一塌糊涂，然后会回我一条怎样深情蜜意的信息。

我就这么握着手机等了好久都没有动静，过了好一会儿终于沉不住气，带着很不愉快的情绪直接拨通Z先生的电话，电话接通只听见对面闹哄哄的好多人，我有些生气：

“你在干什么呢？给你发微信你都不回！”

“明天就是婚礼了，还有很多事没有处理，我正忙着准备东西，一直都没来得及看手机！”

“我给你发的微信你都不看一下吗？”

“你等下，我现在就看。”

沉默了几秒钟以后，Z先生嬉皮笑脸地接着说：

“看见了！我看见了！”

我低声嘟囔：

“明天咱俩就结婚了，你难道不开心吗？就没什么想说的？”

他笑了笑，突然降低音量宠溺地说：

“想说的话有很多！我的小狗狗终于要嫁给我啦！太开心啦！”

听他这么说，我没忍住“扑哧”一下笑出声，如果那会儿有镜子，肯定可以清楚地看见我被羞得满脸通红。

顿了顿Z先生接着说：

“好了！我这边还有很多事没弄！你早点休息吧！明天早上我就去接你了！”

……

这一刻，我内心感慨万千，以前经历过的所有艰辛都不再觉得苦，正因为有了那些付出，如今的我才能收获这份美好结果。

我知道，一觉醒来便是我人生中最重要的一天！

这一天我期盼了很久很久。

人生最幸福的事莫过于和心爱的人结婚生子，生老病死。

此生我们认定彼此，纵然千山万水，世事沧桑，也要抓紧对方的手，相偎相依地走下去。

-61-

现在回想我结婚当天也是牛得不行，因为我的专业是化妆，以前工作的时候也一直在做化妆师，所以对化妆造型的要求比较高。

工作这些年很少碰到能把我化得好看的化妆师，因此我俩的婚纱照以及我结婚当天都是自己独立完成的化妆造型，虽然自己化得不是多么完美，但至少是我要的感觉。

我想像我这样的新娘肯定不多，所以内心还是有那么点小骄傲的。

Z 先生按照规定时间带着婚车队过来接亲，在此之前我已经梳妆打扮准备好并坐在床上等着他。

他到了之后一切按照正常的婚礼规矩来，亲友们堵门、要红包、藏鞋、做游戏，以及完成一些他们当地婚礼要求的仪式，Z 先生对着摄像机宣誓：

“我发誓婚后一定对 ×× 好！饭我做！碗我洗！地我拖！一生一世只对她好！永远爱她一个！”

我坐在床上又害羞又激动，只顾着一个劲地傻乐。

疯闹了一会儿吉时已到，Z 先生该接我走了。

临走之前，需要向父母敬茶行礼。

我爸我妈端正地坐在沙发上，看得出来我爸特别疲惫，满眼血丝，一直在强笑，瞬间我所有的好心情全被愧疚心疼所代替。

一个没忍住放声大哭起来，二话没说扑通一声跪在我爸妈的身前，Z 先生也赶紧跟着跪了下来，我们一同向爸妈磕了三个响头。

亲朋好友赶忙招呼我们起身，我却跪在地上哭得声嘶力竭，强忍着从牙缝里挤出几个字："爸！妈！对不起！"

Z 先生站起身来严肃认真地对我爸妈说道："叔叔阿姨！请放心！我一定会好好照顾 W ！好好爱她！那么……我就先带她走了！"

接着他弯下腰扶我站起，把我抱到婚车上，我坐在车里哭得不能自已，也不管是否会哭花妆，只是忍不住地流眼泪。

Z 先生坐在我的旁边一个劲地给我递纸巾擦眼泪，一句话都没说，这样也好，他笨嘴拙舌，的确不知道该怎么安慰我。

或许男人对此不太理解，但是女人却特别敏感，对男方来说，结婚是件欢天喜地的大喜事，家里迎娶进来一位新人，全家上下都开心。

可女方不一定这么认为，因为这表示自己的宝贝女儿要嫁到别人家去，成为别人家的一员。

也许有些人会觉得这种思想愚昧腐朽，但真到了那一刻，你会发现，自己会不由得想到这些。

其实我现在回想也觉得有些难以理解，不明白为什么那个时候会哭得那么伤心。

或许是我对家人的眷念与不舍，又或者因为怀孕体内激素的刺激？

总之当时的我脑子里一片混乱，本来应该高兴的事情，却比生离死别还要难受。

好像人一旦过了某个阶段，再回想那个阶段做的事都觉得不可思议。

后来的我不止一次跟别人说起，结婚那天我真的是流干了一年的眼泪。

-62-

我俩的婚礼仪式特别尴尬，主持人问他：

“你对新娘的第一印象是什么？”

他不好意思地笑了笑，停顿两秒幸福地说：

“感觉她很可爱！嗯……还特别爱吃鸡翅！”

话音刚落，所有宾客哈哈大笑，我在门外羞红了脸，心里嗔怪Z先生怎么什么都往外说。

不过他说得很对，我真的很爱吃鸡翅，这么多年一点都没变。

但是Z先生好像也只记住了我爱吃鸡翅，每次出去吃饭他都要帮我点份鸡翅，如果让他给我亲自做顿饭，不用说肯定做的是可乐鸡翅。

我和Z先生交换了婚戒之后，主持人又问他：

“在一起这么多年，今天你们终于结为夫妻，有什么话想要对你的新娘说的吗？”

他看着我，满是心疼地说：

“想说的话有很多……嗯……在我事业最不稳定的时候她来到我的身边，陪我度过那么多坎坎坷坷，包括在北京陪我住地下室，一路的陪伴，纵有千言万语，不知如何开口，只能说以后好好爱护她，照顾她……”

Z 先生说这些话的时候热泪盈眶，眼看着眼泪就要流出来，却又被他憋回去了。

后来我看结婚录像发现他讲这段话的时候，很多亲朋好友都流下了感动的眼泪。

我一开始还特别感动，但是当我听到 Z 先生说我陪他住地下室的时候，我的心一下子提到了嗓子眼。

我爸我妈只知道我和 Z 先生同居过，并不知道我还为他住过地下室。

因此 Z 先生刚才说的那些话我爸妈全部听得一清二楚，于是我在这种感天动地的场合中瞬间出戏，满脑子都是：完了完了！我爸妈知道了！他们肯定要气死了！会不会骂我！？

我正走神琢磨这件事的时候，主持人把话风转向我：

“那么新娘，你有什么话想对新郎说的吗？”

我愣了一下赶紧把自己的思绪拽到现实中来，不好意思地笑了笑，本来提前一天我就想好要说什么，可是突然当着这么多人面，我竟然紧张得一时语塞。

全场宾客都眼睁睁看着我等着我发言呢，我吭吭哧哧地终于开了口：

“嗯……虽然你脾气不怎么好，但还是谢谢你这么长时间以来的照顾，今天是我们在一起的第 ××× 天，虽然时间不怎么长，但是接下来的生活中我会陪你度过人生中最漫长的时光。”

现在回想那个场景我都不禁擦一把汗，在此之前我不止一次想好了婚礼上要说些什么，万万没想到婚礼的时候我居然紧张到忘词，要说的话一句都想不起来，甚至语无伦次。

后来我参加别人的婚礼之后才恍然大悟，原来结婚前就应该把婚礼要说的话当稿子一样背下来，背在脑海里，背到滚瓜烂熟的地步，这样才不至于现场发言的时候词穷，导致那么尴尬的局面。

我后来跟 Z 先生抱怨：

“你怎么在结婚当天把咱俩住地下室的事情说出来了啊？我爸妈知道当时肯定骂死我了！”

Z 先生不以为然：

“我这不是想在所有亲朋好友面前炫耀一下嘛！在最困难的时候遇上你，你心甘情愿陪我吃苦过日子，我这是何等的荣幸，别人谁有我这福分？说出来他们才知你不容易，让他们看看我媳妇儿是个多么好的女人。”

好吧！Z 先生你的嘴真的很甜，这个回答我很满意。

我虽然理解你的良苦用心，但有的话真的要分场合才能说啊！

-63-

结婚那天 Z 先生没少喝酒，在酒店办完酒席他就已经喝多了，其实他的酒量还不错，但是耐不住亲朋好友的猛灌。

回到家的时候他抱住我的胳膊醉醺醺地说：

“媳妇，我今天真的太开心了！咱俩终于结婚了！我知道你难过，你舍不得爸妈，爸妈也舍不得你，不要说我什么都不懂，因为你肚子里的小家伙长大以后也会有这么一天的，我也舍不得她嫁出去，到时候我肯定也特别伤心，你现在的心情我都理解，我也不知道怎么安慰你，但是你别太难过了。”

那天我婆婆也特高兴，喝了不少酒，最后也喝多了，在酒店办完酒席回家之后，她陪一些亲戚在二楼打麻将。

我在一楼瞎溜达，过了一会儿她扶着楼梯扶手一步一步地下楼，因为喝醉了，所以走路不是很稳，见到我在楼梯旁站着，轻轻拍了拍我的肩膀，笑逐颜开地大声说：“哎呀！我的儿媳妇啊！真好！”

就跟平时哥们儿之间打招呼逗乐的那种感觉一样，我被这突如其来的举动吓了一跳。

我婆婆虽然是个很随和的人，但是她平时特别注意形象，从不会在别人面前失礼，总是给人一种温婉贤淑的感觉。

没想到我和 Z 先生结婚那天，她一整天都乐得合不拢嘴，激动坏了，跟平时的她简直判若两人。

不知道婆婆自己还记不记得这回事，总之当时的我虽然吃惊，但也觉得特别暖心。

-64-

婆家那边有个习俗，结婚三天，新娘回门，但是这三天内媳妇儿不能见娘家人，更不允许回娘家。

其实我娘家也有这么一个习俗，但我是嫁到距离娘家 2500 多公里以外的地方，三天回门的时间来不及不说，关键我爸妈他们两天之后就要回去，所以我们提前就商量好把回门的日子推到年后再说。

结完婚第二天，Z 先生和他的表哥去看望我爸妈（我不可以去，但他们可以去）。

一想到我爸妈他们两天之后就要回去，这两天时间我连面都见不到不说，还不能送他们，我越想心里越憋屈，在屋子里坐立难安，心急如焚，Z 先生和他表哥穿好衣服正准备出门，我看着他们，小心翼翼地问:“我可以去吗？”

表哥赶紧回答:

“不可以！这三天都不能回娘家！听话！以后有机会哥再带你玩。”

我有些失望，但这个结果也在意料之中。

没想到婆婆看着我笑着说:“没事！去吧！跟他们玩一玩，顺便陪陪你爸妈！”

我简直不敢相信自己的耳朵！

没想到婆婆居然为了我，不在意世俗规矩，直接打破传统，真的太深明大义了！

我既感动又兴奋，但转而一想，这样做是不是太过了？！

虽然婆婆什么都不在乎，但是别人知道会不会骂我太不懂事了？

不行！我还是不能这么做！这样对不起婆婆的好心好意！

可是我爸妈后天就要走了，我真的好舍不得他们啊！……

婆婆看出来我有些为难，主动劝说：

“没啥事！规矩是人定的，也是人改的！没啥大不了的！放心去玩吧！”

我一听所有的顾虑都没有了，立马喜笑颜开地跟着他俩出门了。

-65-

其实我公公婆婆特别惯着我，对于我的某些任性不懂事的想法和行为，他们都全部默认接受，从不责备，所有事情都由着我的喜好来。

不会让我受到一丁点委屈，包括我和 Z 先生闹矛盾，不管是谁引起的，他们都会帮我一起数落他。

所以，长期以来我和公公婆婆相处得都特别和睦，只不过唯一的遗憾是他们做饭很不好吃，非常不符合我的口味。

可能因为我爸妈太会做饭，导致我吃东西特别挑剔，尽管他们每次都会买最贵的食材做给我吃，但做出来的味道还是不敢恭维。

刚开始到婆家我放不开，不管好不好吃，我都会适当吃上一些，后来由于口味我真的吃不惯，所以每顿饭我都吃得特别少。

Z 先生很委婉地把我爱吃的不爱吃的东西告诉婆婆，让他们做饭的时候注意一下，可惜我爱吃的口味没有一个婆婆会做的。

公公婆婆祖籍都是山东，主食以面食为主，几乎顿顿饭都是馒头大饼，这让我一个从小吃米长大的人觉得难以接受，刚开始吃几天面食还凑合，时间久了我无比怀念白花花的大米饭。

而且婆婆不吃荤腥，一口荤都不吃，不是有什么信仰，只是天生吃不惯，她做饭超级简单，很少放一些调味料，有时连葱姜蒜都不放，所以菜做得一点滋味都没有。

虽然我和 Z 先生在家的时候，婆婆每顿都会做些大鱼大肉，只不过她的厨艺水平有限，鸡鸭鱼肉到她手里除了炖，其他什么都不会，像红烧、糖醋、清蒸……她最多也就是见过，平时基本不吃。

后来婆婆知道她做饭不符合我的胃口，很不好意思地跟我说：

“我的厨艺不行，你喜欢的那些菜我都不会，这样吧，以后你想吃啥告诉我，我给你买回来，然后你再自己做，行吧？”

所以我在婆家的时候婆婆每天都会给我单独开个小灶，以前家里几乎不吃米饭，为了我特意准备一个小电饭煲给我单独做些米饭。

我要做什么菜的时候，她就会帮我把锅碗瓢盆刷干净，将我要做的食材准备出来洗净切好放一边，再让我自己掌勺炒菜。

我做完的菜公婆一口不舍得吃，全部留给我。

说真的，我连在自己家都没能享受此待遇，这让我格外受宠若惊。

我特别相信“人各有命”这个词，我有的时候就感叹自己是命好。

我这么一个粗心大意、好吃懒做的人，偏偏找了个心细如丝、勤快大方的婆家。虽然没什么钱，也没什么背景，但对我是发自内心的好，能被他们一大家子放在手心里宠，也算是我上辈子修来的福分。

其实我和婆婆关系之所以能这么好，跟她的高情商也是分不开的。

我觉得婆婆最大的优点是心胸宽广，格局很大。

我曾在网上看到一个话题，是讲儿媳妇不能怀孕，婆婆一家人何种态度。

大多数的回答都是被婆家逼着离了婚，看完之后我问婆婆：

“如果你儿子娶了一个不能怀孕的儿媳妇，你会生气逼着他们离婚吗？”

婆婆回答：“不会！我儿子喜欢的就是最好的！他开心就行！”

对于婆婆的答案我既惊讶又感动，或许会有人觉得我婆婆是站着说话不腰疼，不过没关系，因为我知道这是她内心的真实想法。

虽然这种事没有发生在我们身上，但是她对我的好我能感受得到，这点外人理解不了，也假装不来。

我相信就算我百般不是，她都会无条件接纳。

原因很简单，婆婆非常聪明也非常无私。

她很爱 Z 先生，而 Z 先生很爱我，她相信自己儿子的眼光，坚信他不会看错人，知道我对于 Z 先生来说的重要性，知道我能给予她给不了的东西，知道我才是那个陪 Z 先生度过漫长一生的人，对我好就是对她儿子好。

所以她对我也抱有同样的信任，像疼爱 Z 先生那般疼爱我。

爱屋及乌说的就是这个道理，这就是一个聪明婆婆会有的明智做法。

-66-

我总觉得嫁给 Z 先生我付出了很多，他像捡了个大便宜，实际上他也同样为我受了不少委屈。

我俩结婚头一年，因为婚礼办得匆忙，娘家很多亲戚没能来东北参加婚礼。

按照我老家的习俗，我俩结婚也必须在我老家办一场，本来我爸妈觉得麻烦不想办了，但是家里的亲朋好友知道的人很多，不办又不像那么回事，于是打算简单办一下，时间就定在大年初六。

我老家是个小县城，没有机场，为了节省开支，我和 Z 先生要一起坐火车回去，本来我俩打算订初五的车票。

奈何春运火车票紧张，尽管我没事儿就守在电脑前抢票，还是一张没有抢到，唯一有票的两天就是大年三十那晚和初一夜里。

为了不让我失望，Z 先生决定买初一夜里的车票，跟我一起坐火车回娘家。

初一就走的这个做法我想都没有想过，我再怎么不懂事也稍微明白点事理，哪有头一年嫁到婆家，大年初一都没过完就拉着老公回娘家的，而且我俩这一走又是一年。

所以 Z 先生刚开始提出这个意见时我很果断就拒绝了，但问题是车票不好买。

Z先生把这个想法告诉了公公婆婆,他们也表示这样是最好的办法，最后考虑到现实问题，看大家没有什么为难的意思，我带着满满的负罪感订了初一夜里的车票。

Z先生不知怎么得了一种病，东北方言叫“痄腮”，学名叫什么我也不太清楚，就是耳朵根到脖子到半边脸颊都肿了起来，而且特别特别疼。

刚开始只是轻微的不舒服，我们都没当回事，没想到过了两天，痄腮越肿越大，Z先生半张脸和脖子都快肿成了一片，样子像极了呆呆胖胖的大胖熊，疼得他嘴都不敢张，更别提吃饭。

那几天他只能喝粥吃流食，而且吃不了几口就疼得不行，白天疼也就罢了，一到夜里疼得更厉害了，Z先生被折腾得觉都睡不好，几乎每天都是瞪眼到天亮，去医院挂点滴也没什么效果。

倒霉的是Z先生病得很不赶巧，正好赶在过年那几天。

而且初一夜里他还要跟我坐火车去我老家，公公婆婆看着他被病痛折磨的样子心疼得要命，却也无可奈何。

一想到Z先生为了我马上要离开自己的家，我内心也深感愧疚。

虽然他是个男人，岁数比我大，但在所有父母面前，孩子都是一样的，我爸妈舍不得我，我想念爸妈，Z先生和公公婆婆更是如此。

况且他不像我，我好歹有个弟弟，就算我不在爸妈身边，他们看着弟弟心里也能有所慰藉。

Z先生是独生子，家里就这么一个宝贝儿子。

本来在外工作一年回来一次，陪父母的时间就少得可怜，现在结了婚，娶了个我这么远的媳妇儿，还要顾及我的父母，那么他陪公公婆婆的时间就更少了。

尽管看他们表面上一点不好情绪都没有，我内心还是非常自责。

总觉得我是导致幸福家庭聚少离多的罪魁祸首，可惜事事难全。

我以前总抱怨自己离开父母嫁这么远吃亏了，反过来想 Z 先生又何尝不是呢？

他是个大老爷们儿，不像我，我不开心可以哭可以闹，他有什么情绪却只能放在心里默默承受，独自分解。

公公婆婆亦是如此，宝贝这么多年的儿子，还没来得及孝顺自己，突然就成了别人家的女婿，以后双方父母都要顾及，所谓“鞭炮一响，儿子白养”还真就这么回事。

其实我和 Z 先生在一起这些年，他为我牺牲不少，只要我能开心，他愿意舍弃一切，总是拼尽全力地满足我的每个条件和想法，尽可能地不让我受委屈。

很多时候，幸福的爱情并不是轰轰烈烈、惊心动魄的体验，而是对方能够为你创造一种踏实、安心的感觉。

–67–

我觉得 Z 先生跟我回老家的那段时间，一共发生了两件特别有意思的事。

第一件事是他听不懂我老家的方言，我和 Z 先生平时说话都说普通话，他对我老家的方言并不熟悉，说慢点他还能理解一些，说快了他就彻底蒙了。

不过 Z 先生对此倒是很感兴趣，我偶尔说老家话让他听到了，他就会跟着学，可是他学得不像，所以从他嘴里说出就变得特别搞笑。

他跟我一起回我老家之后，我家里很多长辈普通话说得不标准，有的时候说着说着就变成了方言，大多数时候我会在旁边给他当翻译，我不在身边的时候，Z 先生跟他们聊天都恨不得竖起耳朵听，生怕自己听不懂会冷场。

语言不通有个优点就是，每次他惹我生气，我都会用老家话骂他，他知道我说的不是好听的话，可是又不懂我的内容是什么，就算想反驳、想争辩都无从开口，看到他不知道如何反击，特别憋屈的时候，我就会非常得意。

第二件事是，万万没想到，Z 先生这匹北方的狼，来到南方居然被冻成了狗。

我老家说是南方，其实应该算是南北交界，四季分明，冬天也会下雪，只不过是零星小雪，落到地面就会化掉的那种，和北方下雪比起来简直天壤之别。

而且冬天温度基本都在零摄氏度以上，最冷的时候也不会低于 - 5 摄氏度。

看起来好像还挺温暖的，但是老家空气湿度大，经常下雨，环境比较潮湿，而且每家每户的房子墙壁都很薄，加上没有暖气，所以一到冬天室内就冷得不行，因此就会出现室外温暖如春，室内寒气逼人的现象。

这点和东北完全相反，东北的冬天不管室外温度多么低，室内始终都有热乎乎的暖气，哪怕外面下着鹅毛大雪，在屋里穿背心短裤都毫无压力，而且出门的时候只要穿厚一些，裹严实了还真就没觉得怎么样。

我这个南方长大的姑娘到了东北都能适应，而从小到大在东北长大的Z先生到了我家居然适应不了！

从来我家的第一天起，不管室内室外，除了睡觉的时候，Z先生的羽绒服几乎没有脱掉过，看他每天在屋里裹着厚厚的衣服，坐在电暖器旁边烤火搓手，我就在一旁笑得花枝乱颤。

可能因为我从小在这种环境长大，冬天屋里有没有暖气对我来说根本不重要，但是Z先生不行，没暖气对他来说简直要了命，我一直都以为Z先生的抗寒能力肯定比我强，没想到恰恰相反，他居然还没我能抗冻！

关键是不管是在我家，还是在我亲戚家，全都一个性质，这让东北的小伙子来到南方可算遭了大罪！

因此Z先生在我老家的那段日子，闲下来的时候要么挨着电暖器烤火，要么直接在阳台晒太阳不肯进屋。

他在我家过了一次年之后，每次回东北，只要想起那段日子，就会无比心酸地跟他的亲朋好友说：

“南方冬天太遭罪了！屋里没暖气，阴冷阴冷的，穿得再厚都没有用！我在那儿待了几天，每天一睡醒的任务就是烤火！真不知道他们这些年是怎么过来的！真的太可怜了！”

-68-

我和Z先生有过一次创业失败的经历，那时我俩婚姻大事刚处理完，再回到北京的时候Z先生不知怎么萌生了创业的念头。

看他信心十足的样子，我决定陪他大胆地赌一把。

不管创业的结果是好是坏，是赔是赚，我都无条件支持他，我们还年轻，就算这一次不小心失败，就当花钱买个经验教训，反正年轻有时间有精力，只要有心，大不了从头再来！

我坚信我深爱的他永远那么有魄力！

Z先生看到我这么坚定地支持他非常开心，我们俩策划了多种想法，提前解决了创业要解决的问题，在把所有前期准备做好之后，我和Z先生终于成立了属于我们自己的小工作室。

与此同时，我们也搬到了工作室住，这样工作、生活两不误。工作室成立之后，一切还不稳定，Z先生需要处理的问题有很多，创业不像打工，压力非常大，大小事都必须亲力亲为。

与此同时，我也正式进入了孕晚期，我和Z先生每天想方设法赚钱的同时，也在期盼着小宝贝的降临。

因为创业初期，我俩没有经验，营销方面也不在行，所以生意并不是很多，房子贵，开销大，我是那种没心没肺的人，看着生意没起色也着急，可是只要有吃有喝的，我就什么压力都没有了。

Z先生不同，他认为自己是整个家的担当，不能只考虑眼前的短暂幸福，必须努力赚钱，让家人早点过上好日子。

看着他每天焦急忧虑的样子我十分心疼，却又无可奈何。

为了这个工作室我俩没少付出心血，说到底还是没经验，第一次创业惨遭失败，投入进去的所有资金全部赔个精光。

最开始拼的那股狠劲也全部消失殆尽，连东山再起的决心都没有。

我们总结了失败的原因，但现实问题是，由于我们经济薄弱，就算一切规划得再完美，也没有实力从头再来。

其实创业之前我俩本来看中一套北京远郊的房子，当时投资用的那些钱正好够交首付。

一开始我还在犹豫买还是不买，Z先生创业的心却在那时坚定了下来。

或许因为太爱他，愿意不分对错地陪他做任何事，也或许因为自己胆大无知，以为钱很好赚，所以放弃了买房子的念头，做了一个最错误的决定。

现在那个地方的房子也不知翻了多少倍，可是我俩早就错过了那个机会。

说不后悔是不可能的，Z先生提起这件事也很惭愧，可是机会只有一次，很多事一旦错过就无法弥补。

说实话，我们虽然惨遭损失，但是我从来没有怪过他。

过去的已经过去。纵然再多懊悔也于事无补。

我常常觉得人这一辈子都是被设计好的，你以为做的每个决定都是自己的想法，实际上，是老天爷在背后默默操控着一切。

你走的每一步，做的每一个选择都是命中注定，有些事看似突如其来，其实结果早成定局，你摆脱不了命运的规划，也逃脱不了生活的法则。

-69-

人都说女人怀孕期间，是考验男人的最佳时间段。

他对你是不是真爱，是否全心全意待你，都能通过孕期十个月里的种种表现展露出来，我觉得 Z 先生这方面就做得特别好。

我和 Z 先生都是第一次做爸爸妈妈，我又是那种马大哈的性格，什么事都不放在心上，平时大大咧咧，怀孕也没能改变这一特点，因此很多事都需要 Z 先生替我记挂操心。

尽管他每天因为赚钱的事愁得焦头烂额，还是不受任何影响，把我照顾得无微不至。

早上我俩一起睡到自然醒，我还在床上赖着不肯起的时候他就已经买好了早餐回来，吃完早餐就忙活着擦桌子洗碗扫地拖地。

中午、晚上不管我想吃什么，只要说一声他就会买菜给我做。

Z 先生和我刚在一起的时候还不怎么会做饭，只会做些像西红柿炒蛋之类的简单饭菜，在一起之后，他知道我馋，吃东西嘴挑，我爱吃的菜他都默默记在心里，偷偷学着做给我吃。

渐渐地，他的厨艺大有长进，虽然没我做得好吃，但也足以见得他的良苦用心。

怀孕身材走样不说，我的手脚都肿得厉害，以前的鞋子都穿不进去了，38 的脚恨不得穿 40 的鞋。

每天早晚 Z 先生会主动耐心地给我按摩，我就躺在床上安静地享受他的按摩手法，这样可以减轻我身材浮肿，我也能感觉好受一些。

我每天的任务就是吃、睡、玩，心情好的时候也会做点家务，把脏衣服一股脑儿地塞进洗衣机里，内衣袜子不能用洗衣机洗，我就提前泡好指示 Z 先生洗。

最喜欢做的事就是看 Z 先生洗我的内裤，他总是会装出一副嫌弃的样子假装拒绝，但又会认认真真地把我的内裤搓洗干净。每次我都会在他认真干活的时候，偷偷跑到他的背后一把抱住他撒娇地说：

“老公！有你真好！”

Z 先生则一脸傲娇地回答：“知道就好！给联退下！”

–70–

我曾看过一句话：

“作为一个有责任的新好男人，如果不能参与女性荷尔蒙裂变的青春期，就应该在她怀孕期和更年期好好地尽一份应有的责任。”

我非常赞同这种说法，至少在我怀孕期间，Z 先生一直谨慎履行自己的职责，跟我有关的大小事他都能做得体贴入微。

我怀孕后的每次产检，他基本没有落下，不管多远多累，都会陪我到医院检查，主动为我挂号、排队、等结果、取药。

我在室内检查，他就坐在大厅的椅子上等着我，经常一等就是好几个小时，等我检查完出来也不会抱怨，立马凑过来问我医生都说了什么。

有的时候一次要检查好几个项目，比如需要抽血还需要做 B 超，因为每个项目排队的人都非常多，为了节省时间，Z 先生会让我先去抽血，他帮我在 B 超室外排队。

等我抽完血回来，一眼看见 Z 先生站在一堆孕妇的中间默默帮我排着队，前后左右都是孕妇，就他一个大老爷们儿，看到我来了轻声对我说：

“你先在边上坐会儿，排到了我叫你。”

这个时候在众多的注目礼中我总会有一种发自内心的自豪感！

大多数的时候我俩相处都十分融洽，后来有一次去孕检的路上我俩因为一点小事吵了起来。

我气得一把夺过自己的包，指着他愤怒地说：“你赶紧走！我自己去检查，不用你陪我！”

我自信地猜测他肯定会装作没听见，陪我留下来，谁知道他竟然二话没说转过身就走，这下我彻底蒙了。

这不像他的性格啊？！他从来不会这样的！看来这次是真的生气了！

我心里又生气又懊恼，被他的这举动直接气哭。

从在一起到现在，每次遇到这种情况 Z 先生怎么都撵不走，这让我对他无比信任，总觉得无论自己怎么作他都不会离开我，可是这回他居然不按套路出牌。

话都已经放出去了，不管怎么样我都不能认输，看着他走远的背影，我也赌气转过身往医院走。

走两步回头一看 Z 先生已经不见了，我在原地站了半天，四处张望都看不到他的人，这下我彻底慌了：他是不是真不管我直接坐车回家了？

于是一边哭一边往医院走，每个路人都疑惑地看着我。

到了医院，我去了趟洗手间，我越想越觉得委屈，Z 先生实在太狠心了，怎么可以这么对我？

我在心里把他狠狠地骂了一顿，想着等我检查完回去该怎么跟他算账，却没承想，等我从洗手间出来的时候，一抬头竟然看见 Z 先生坐在休息区的椅子上得意地冲我笑。

我心里一惊，以为自己看走眼了，定睛一看还真是他，想起刚才的事，我就气不打一处来，于是装作没看见他似的在别的地方坐了下来。

Z 先生走到我的身边接过包一句话没说，我当着所有人的面冲他喊道：

“你走开！别碰我东西！”

这时所有人都转过来盯着，我才想起，估计是大家把他当小偷了。

我有些尴尬，Z 先生却看着我淡定地说：

“好了！别闹了！”

我不搭理他，沉默几秒赌气地问：

“你不是走了吗？还回来干什么？赶紧走，我不稀罕你陪我！”

他扑哧一下笑出声，一脸傲娇地说：

“哟哟哟！刚才是谁在我走之后哭得眼泪吧嗒的，还回头找我，在路边等了半天？现在却说不稀罕我！”

我顿时语塞，感觉哭笑不得。

原来那会儿 Z 先生趁我不注意的时候偷偷躲起来，我在明处，他在暗处，他一直在背后默默观察注视着我，并且偷偷跟在我的身后到了医院，他从来都不会走远，他一直在我身边……

-71-

我的爱好之一是 K 歌，而“麦霸”也是我最得心应手的一种角色。

不管是和亲戚朋友，还是公司聚会，只要在 KTV 里我就会抱着麦克风不松手，我会唱的歌有很多，拿着麦克风随时都能吼两嗓子，别人都闹腾累了，我还能坚持不懈地唱下去，怀孕的时候也是如此，我也是很佩服我自己。

有时我回想怀孕的那个阶段，会感叹自己根本不像一个孕妇。

别人怀孕的时候什么都吃不下，我怀孕的时候比猪还能吃；别人怀孕的时候都能保持身材，我直接胖成了一头狗熊；别人怀孕的时候有一丁点危险系数的事情都不敢做，我跳绳、爬山还唱 K。

那时我建档的医院在郊区，每次孕检的时候，我和 Z 先生会在郊区留一晚，郊区有几个关系特别好的朋友，我们会在一起吃吃饭聚一聚，酒足饭饱之后也会去 KTV 玩一会儿，每次去 KTV 就是我大显身手的时候。

所以就可以看见一帮人在包间里坐着玩游戏喝酒，一个挺着大肚子的女人抱着麦克风声嘶力竭地忘情歌唱！

现在我发现小满特别喜欢唱歌，我常常怀疑，是不是我怀着她的时候老去 KTV 的缘故，导致她从小就有音乐天赋，这爱好真是打娘胎里带出来的啊！

-72-

闲着没事干我琢磨着该给肚子里的宝宝起名字了，都说女《诗经》，男《楚辞》。

于是我没事儿就翻阅《诗经》和字典，这两本书被我从头到尾翻了好多遍。

想当年我上学的时候都没有这么用功，现在为了给宝宝取名字我居然可以在书桌前一坐一整天。

我挑出了很多意义比较好又很适合取名用的字，把每个字以及注释认认真真地写在小本子上，接着再两个字两个字地凑在一起，加上姓氏看看怎么叫好听，怎么叫意义比较好。

就这样我查了好多天，字典和《诗经》都快被我翻烂了，终于起了十多个名字，每一个名字都是我精挑细选，完美搭配出来的。

我把它们记在本子上，拿出来让 Z 先生做个参考选一选，谁知道他看了一眼之后没有一个满意的，我有些生气：

“怎么着也是我辛辛苦苦查了好久资料选出来的，你居然没有一个看上的，既然你觉得我取的名字不行，那么你自己取吧！”

Z 先生立马嘻嘻哈哈地笑着说：

“那也行！哎，要不就叫‘狗剩’吧？或者‘狗蛋’也行！”

……

Z 先生你真得感谢我当时把你臭骂一顿，制止了你，如果让你闺女知道你当年那么糊弄她的名字，她长大肯定得跟你急。

-73-

我们的新家离我爸住的地方特别近，坐公交只要六站，因此我和 Z 先生没什么事儿就回家看我爸，顺便蹭顿饭吃。

每次回我爸那儿，我爸都会给我做各种各样好吃又营养的饭菜，尽管离得这么近，临走还会给我买很多又贵又好吃的水果让我带回家。

孕晚期全身臃肿不堪，活动不便，出门坐车更是不方便，我逐渐减少了去我爸那儿的次数。

尽管我爸知道 Z 先生对我一直很好，但心里还是不放心，他偷偷研究孕期食谱，跟着食谱上的做法为我做饭，隔三岔五过来给我送吃的看看我。

我爸店铺每天下午五点关门，他会提前一个小时去市场买回新鲜的水果食物之类的，骑半个小时的电动车到我家送给我。

他每周还会抽出一晚上的时间提前炖好汤放在锅里保温着，第二天下午关门之后，把锅拿绳子绑在电动车的后座上送到我家给我喝，喝完之后再把锅按原方法带回去，方便下次给我做汤再带过来。

之所以不在我家炖，是因为炖汤的时间比较长，我爸做生意忙，抽不出时间到我家给我现炖汤喝，只好选择这种最笨的方法。

我爸几乎每天都会来，风雨无阻，下冰雹刮台风都阻止不了他。

看着我爸这么风尘仆仆地照顾我，我心里又是感动又是心疼，我和Z先生百般劝阻，让我爸不用这么费心，毕竟每天做生意累了一天，还要照顾我，我俩实在于心不忍。

但是我爸压根儿不听，一边安慰我们不辛苦，一边还是不停地为我准备各种吃的。

每个女孩都是父亲的心头肉，被从小宠到大，恨不得将她一辈子留在身边，本来父亲是世界上最疼爱女儿的男人，当女儿有别的男人疼爱的时候，做父亲的便心甘情愿地将自己排在第二位，做第二个疼爱女儿的男人。

–74–

可能因为体质胖的原因，我的肚子比同龄孕妇要大很多，走在街上总是会有人问："你这怀的是双胞胎吧？"

每每听到这样的问题我都觉得非常尴尬，正所谓一胖毁所有，本来我就胖，怀孕让我彻底成了一个大笨熊，脸肥到眼睛都给挤小了，不敢照镜子，更不敢拍照，看着自己的丑样子我心里又生气又无奈，只能一个劲地冲Z先生发火：

"都怪你！要不是你非得现在要孩子，我也不会变成这个丑样。"

Z先生耐心哄我："谁说你丑了！你现在的样子最可爱！"

听他这么一说我心里还是挺开心的，但有的时候内心还是会比较自卑，总觉得自己的样子配不上他，甚至不敢跟他一起出门，害怕丢他面子，但是 Z 先生丝毫不在乎这些，带我逛街遛弯，他都会紧紧牵着我的手，不管我多胖多丑从来没有嫌弃过我。

让我最害怕的事情还是出现了，尽管孕早期我就开始抹各种防妊娠纹的产品，但是肚子和大腿还是长满了密密麻麻丑陋不堪的妊娠纹。

看着自己的肚子和大腿变成这样，想着以后再也掉不了了，我的心里就特别难过，因此也总是拿这个说事，朝 Z 先生莫名其妙地发火。

Z 先生安慰我：

“别难过，老公不嫌弃这些妊娠纹，要是你觉得实在太丑了，等孩子出生我带你去医院做激光手术，把它们全部去掉！”

现在小满都两岁多了，我也没能抽空去医院做激光手术，不过庆幸的是，我身上的妊娠纹已经淡化不少，虽然还是可以看见，但是我心里也算得到一些安慰了。

小满有的时候看见我肚子上的纹，会特别好奇地问：“妈妈怎么了？”

Z 先生告诉她：

“妈妈肚子都是为了小满变成这样的，等你长大了要好好疼爱妈妈。”

我一直都认为，在一个良好的家庭环境中，夫妻关系要大于亲子关系。

而一个父亲对孩子最好的教育是好好疼爱她的母亲。

-75-

我这人心很大，平时对待什么事儿都是不紧不慢的，生小满的时候也是。

因为我生小满的时候，羊水先破，但是没有阵痛和见红，住院之后医生严令禁止我活动，最好连床都别下，但当时我去医院走得着急，没有洗头洗澡，一听医生连床都不让我下，立马就不乐意了，满脑子里想的都是“洗头！洗头！我要洗头！”

最后我妈看拗不过我，又不能不听医院规定，只好到水房打一盆热水回病房，让我躺在床上把脑袋伸出来，她亲自给我洗。

我生小满那天Z先生有一个非常重要的工作，不能推托，所以没能一开始就陪我去医院，而是在我被推进产房之后才赶了过来。

我怀孕的时候跟他说过，生孩子无论如何他得陪产，我得让他亲眼看看，为了给他生孩子我受了多大的罪，我得让他把这些谨记在脑海里，永远不能忘。

生孩子的过程就不说了，总之和每一个妈妈一样，也算是从鬼门关过来一趟。

几经艰辛，孩子终于平安出生，听着孩子清脆的哭声，我没忍住也跟着大哭起来，一是因为我受这么多罪终于把孩子生下来了，二是因为我想到她以后也会经历我现在的痛苦，立马心疼得不得了。

整个过程Z先生都在身边不停地拿着纸巾轻轻给我擦汗擦眼泪，

慢慢把我扶起来喂我喝水，虽然他一句话都没有说，但是一直在用行动默默表达他的关心和爱。

孩子在保温箱里乖乖地躺着，离我只有几步之遥，尽管如此，在孩子出生之后，Z 先生没有马上丢下我跑去看孩子，而是留在我身边陪着我，看着我，紧紧地握住我的手，陪我待了一会儿之后才过去看了一眼孩子。

我还记得 Z 先生第一次见到孩子的时候，一个刚刚做父亲的男人突然笑得像个孩子，接着他满面笑容地走到我身边，我问他："孩子好看吗？"他点点头："好看！"

过了一会儿，护士把孩子抱到我的身边，我看了一眼，瞬间惊呆：

天哪！这是我的孩子吗？怎么长得这么丑？又黑又肿又胖！一点不像我俩！我反复观察难以置信，直接没忍住感叹道："太！丑！了！"

Z 先生赶紧打圆场："不丑不丑！挺好看的！"

我知道他是安慰我，所以没有说话，虽然孩子长得丑了点，但是看着她小小的样子，睡得那么香，我头一次感觉到做母亲的喜悦，这一天受的所有罪全部都是值得的！

因为宝宝出生的那一天正好是二十四节气中的"小满"，恰巧"满"字又有美满、满足的含义，所以我和 Z 先生决定把孩子的小名叫小满。

我到现在都没弄明白为什么小满生下来的时候会那么丑，以至于我现在看她刚出生时的照片都不忍直视。

好在没过多久她就长开了，也越来越可爱，很多人都说小满长得特别像我，有时看着她萌萌的小模样，特别招人稀罕，我就会特傲娇地跟 Z 先生说："得亏我的基因好！要是遗传你，指不定丑成什么样！"

-76-

从医院回到家我开始了人生中的酷刑之一——坐月子！

本来是我妈和我婆婆一起照顾我坐月子，但是由于各自老家有事，实在抽不开身，所以她们没照顾几天就不得已回去了。

剩下的时候就只剩Z先生一个人伺候我。

除了喂奶，其他的时间全部是他在照看孩子，半夜会亲自起来给孩子换尿布，还能做到不打扰我。怀孕的时候我总是嘟囔有了孩子就没有自由了，Z先生那个时候安慰我：

“等孩子出生了，我看着她，一手抱相机，一手抱孩子。”

没想到小满出生之后，他果真做到了，虽然没法一边拍照一边带娃，但是晚上修图的时候，就把孩子放在腿上哄着她，修着图。

月子里洗衣做饭收拾屋子全是他一个人弄。

知道我爱喝汤，正好又是坐月子期间，所以特地学习给我炖汤喝。

我爸住得离我很近，没事儿也会过来看看我。

对于我爸的做法，我很感动，因为在我娘家有种规矩就是女儿生孩子之后，整个月子里爸爸都不能去看孩子和女儿，不然对娘家和爸爸不好，但是我生完小满的当天晚上我爸就赶了过去，被我姑说道一些规矩的时候，我爸摆了摆手，什么话都没说，只顾一个劲地看他外孙女。

怀孕的时候我总以为我爸肯定不会多么喜欢这个孩子，没想到我爸看到小满以后接过去激动得爱不释手，乐得合不拢嘴，满面笑容，一个劲地夸孩子。

月子里我爸每次来看我的时候也会给我做做饭，我爸在他的家里偷偷学了很多月子餐，到我家摸索着做给我吃。

四五十岁的大老爷们居然知道哪种食物清淡又下奶，哪种食物坐月子的时候不能吃。

虽然没有请月嫂和阿姨，我妈和婆婆也不在身边，但我的整个月子被我爸和Z先生照顾得无微不至，和月嫂没什么两样。

我和Z先生的二人世界变成了三口之家，小不点的到来给我们原本平静的生活增添不少乐趣，纵然带孩子很辛苦，但对我们来说这些辛苦远远比不上作为一个爸爸妈妈的幸福感。

怀孕的时候我总担心Z先生会不会有了孩子，对我的爱与呵护就减少了，可是孩子出生以后我才发现自己之前的顾虑都是多余的。

Z先生对我不但没有转变态度，反而越来越好，就像一个苹果，没有孩子的时候他会把一整个苹果都给我吃，我以为有了孩子他肯定要把苹果至少分一半给孩子，可是我错了，Z先生不会分苹果，他只会想方设法创造，尽力给我和孩子一人一个完整的苹果。

看着Z先生对孩子的疼爱与呵护，我才知道原来饱含着父爱的他看起来这么伟岸。

这辈子我最幸运的事是认识Z先生，最正确的决定是生下小满，有了他们父女俩的陪伴，所有物质的东西都不值一提。

在我心中Z先生和小满是无价的，任何东西都无法比拟。正因为有了他们，我才更加了解生命的意义与价值。

【第三章】

「Chapter Three」

-01-

Z 先生有一个既幼稚又白痴的怪癖——总喜欢没事给我取一些莫名其妙的昵称。

可话又说回来，他给我取的这些昵称认真分析倒也不算莫名其妙，至少它们都是有依据的。

有段时间我迷上了宫崎骏的动画，那时候只要我不上班在家宅着，就跟魔障了似的一看一整天，根本停不下来。

看完《龙猫》之后，我疯狂喜欢上了“龙猫”这个动画角色，也不管 Z 先生对此是否感兴趣，总是忍不住一个劲在他面前不停地赞叹：

“你看！你看！龙猫好可爱！”

每次他都会表现出一副“你真白痴”的神情，无奈地盯着发疯的我配合着回答：“嗯！嗯！真可爱！”其实心里不以为然！

尽管如此，我还是乐此不疲地对他进行强迫性精神污染。

我总以为 Z 先生心里肯定烦死“龙猫”这个角色了。

毕竟不管什么时候，哪怕一个东西它有万般优点，如果你总在对它不感兴趣的人面前永无止境地不断絮叨，不仅不会让对方和你产生同样的喜爱好感，反而会让对方觉得无比厌烦。

可是这些对我不重要，只要我喜欢它，Z 先生喜欢我就好。

让我出乎意料的是，从那以后 Z 先生竟然自作主张直接给我起了个昵称——龙猫！

大多数在一些比较认真的场合中，他对我还会直呼本名，但撒娇玩闹的时候，他就会贱兮兮地说：

“我的大龙猫！快过来让我抱抱！”

“大龙猫！你是我的大龙猫吗？”

再或者：

“大龙猫！晚上你想吃什么？”

有的时候我俩吵架，我生气干脆不理他，他不停地哄我，但是怎么都哄不好，只好拿出撒手锏——趁我不注意一把抱住我，跟个孩子似的可怜巴巴地乞求撒娇：“好了！好了！大龙猫还生我气呢！？”

每每这个时候，我都会被他逗得哭笑不得，看到我情绪有所好转，他就会从刚才那种楚楚可怜的神情一秒钟变成扬扬得意的样子！

好吧！我承认！不管我多么生气，Z 先生都会使用不同的办法把我逗笑。

其实我从来没有真正生过他的气，至少只要看见他的脸，我心里所有不好的情绪全部都会烟消云散！

过了一段时间，同事给我推荐《悬崖上的金鱼姬》，看过之后我被里面的“波妞”萌得不行！

在此之前我以为世界上最萌的物种非龙猫莫属，但是当我看到波妞的时候我才知道自己以前的想法大错特错！

天哪！世界上怎么可以有这么可爱的小东西！我真是要被萌死了！

跟之前一样 Z 先生又被我强行安利一个新的小萌物。

同样，他对这些东西真的是没有一丁点兴趣。

可这好像丝毫不影响他给我取名的怪癖，于是不知不觉中，我在他口中的爱称，由之前的“龙猫”直接变成“波妞”。

这也让我第一次真正意识到 Z 先生的脑洞好大！

Z 先生给我取的昵称中，叫的时间最长的一个应该是“蚊子哥”，这个昵称来自之前我俩一起看的某部电影中的角色。

具体是哪部电影以及演员是谁，我现在已经记不大清了。

只记得当时看完电影之后，我和他印象最深的就是那个“蚊子哥”，恰好我的名字中有个“文”字。

刚恋爱的时候，我就跟 Z 先生提起上学那会儿同学都叫我“蚊子”。

很自然看完这部电影之后，“蚊子哥”彻底成为 Z 先生对我有史以来时间最长、最独一无二的爱称。

有所不同的是，以前那些昵称，Z 先生喊起来会带有一些宠溺挑逗的语气，但是 Z 先生喊我“蚊子哥”的时候会假装成他是我手下的一个小弟，而我就是他心目中说一不二的大哥！

就连跟我说话的语气也故意多了一分敬畏的感觉：

“蚊子哥！今天的饭菜还合胃口吗？”

“蚊子哥！这是我上个月的工资，一共 ××，你点点！”

每次听 Z 先生这么叫我，我都有点哭笑不得的感觉，好像在他眼里任何一个好玩的呆萌的东西都可以拿来安在我的身上。

其实在一起这么多年，我们偶尔也会和别的情侣一样，叫对方一些比较肉麻的大众称呼。

只不过不管在谁的面前，我都习惯叫Z先生的全名或者“老公”，说不出原因，这两个称呼总是给我满心的安全感和满足感。

时至今日，Z先生在别人面前提起我时会用“媳妇”一词来介绍，我不在身边的时候，他给我发信息聊天留言却总喜欢叫我“宝宝”。

只有在我面前，当着我面，他才会要么一本正经直呼我全名，要么嬉皮笑脸喊那些他为我取的搞笑幼稚的昵称。

这么多年Z先生给我取的过很多个昵称，长长短短，意义各不相同。

我简单总结了一下，发现他给我取的这些昵称大多来自我和他看过的某个影视角色，或者某本书里的一个人物，而这些角色、人物肯定都是我和他觉得最有意思且最喜欢的。

就像我喜欢龙猫、波妞，哪怕他对此不感兴趣，并不了解，也会想方设法利用它们以此逗我开心。

能把自己最喜欢的东西和深爱的人联结在一起，想想都会觉得无比幸福且富有成就感！

对了，Z先生最近迷上了评书《西楚霸王》，抽空就听，潜心笃志地研究。

评书还没听完，我在他的口中又多了一个新的称呼——虞姬。

而他也丝毫不逊色地把自己想象成霸王！

甚至连说话腔调都要变换成古风的感觉！

聪明的女人不会拆穿男人的某个小兴趣，哪怕那个兴趣真的非常幼稚，也会选择默默陪伴或者给予支持。

说到底，我比任何人都了解 Z 先生，我不敢说他有多爱我，至少我能够深刻体会到他为我做的一切。

哪怕只是日常生活中的一个小小称谓，他也要为我取一个最与众不同的。

这是 Z 先生内心最诚恳纯净的地方，也许只是单纯地为了哄我逗我让我高兴。

而我想到他开心就已经心满意足了。

只要出发点是为了对方，又能顾及彼此的情绪感受，不管做什么，怎么做，都不是至关重要的。

因此不论什么时候，我从来没有反对 Z 先生自作主张地给我取昵称，也从来没有讨厌过他那趾高气扬大男子主义外表下深藏的一颗萌蠢幼稚心。

这些昵称不仅仅是一种代号，更多的是 Z 先生对我的情感表达。

我和 Z 先生彼此心中都将一辈子永存这个心照不宣的小甜蜜。

-02-

来大姨妈肚子疼，浑身乏累，窝在沙发里不愿动弹，有气无力地指使 Z 先生做家务看娃。

Z 先生手忙脚乱地洗完衣服扫完地，把屋子收拾得井井有条，然后把小满的玩具准备好，并把小满抱到爬行垫上让她自己玩，紧接着又给我倒了杯热水放在身前的茶几上，忙前忙后好一阵儿，才终于坐到我的身边休息一会儿。

我和Z先生各自低头摆弄着自己的手机，谁也没有说话，屋子里只有小满玩玩具时发出的塑料碰撞的声音。

过了一会儿，Z先生突然放下手机抬起头问我：

“你知道梅超风管她老公叫什么吗？”

我愣了一下，眼神很自然地从手机屏幕转向他，心里却疑惑地嘀咕：

Z先生怎么会突然问我一个这样的问题？

要知道我对武侠小说、古典名著之类的一窍不通，且毫无兴趣啊。

我想了想，索性干脆地回答：

“不知道！叫什么？”

Z先生看着我的眼睛，嘴角扯出一抹邪恶的笑容，蛮不着调地说：

“贼汉子！”

我被这个答案逗得哈哈大笑。

虽然一开始我并不知道正确答案是什么，但是看Z先生的神情语气就能猜到，这个答案肯定很“特殊”。不过重点是，我只知道有个小说人物叫梅超风，但是压根儿不知道梅超风结过婚有老公啊。

笑过之后我赶紧追问：

“哎？梅超风结过婚吗？那她老公是谁？”

Z先生鄙视地瞅了我一眼，一脸傲娇地回答：

“当然结过婚啊！她老公叫陈玄风！他俩合称‘黑风双煞’！”

我正想装出一副恍然大悟的样子，Z 先生却立马恢复刚才那种邪魅痞性的神情，紧接着贱兮兮地问道：

“那你知道陈玄风管梅超风叫什么吗？”

我摇了摇头一脸茫然地看着 Z 先生，Z 先生好像料定我肯定不知道答案，胸有成竹地站起身走到我的身前看着我得意地说：

“叫贼婆娘！哈哈哈哈哈哈哈哈哈……”

Z 先生答完便笑得不能自已，屋子里回荡着他得意的笑声。他都是些什么问题啊？

搞了半天 Z 先生倒是自娱自乐把自己哄得很高兴嘛！

尽管如此，看着 Z 先生笑得那么开心的样子，我也不由自主地跟着乐了起来。

Z 先生开心是因为这些故事给他带来的乐趣，我开心是因为看着 Z 先生开心我就心情愉悦。

和 Z 先生在一起这么多年，Z 先生向来喜欢研究诗词歌赋、古典文学、著名小说等等之类的东西，任何一个著名的内容、优异的作品他都能反复阅读观看，且不停揣摩其中的思想奥妙，恨不得每个字都要把它们参透了。

每次看到比较经典或者有意思的部分，Z 先生就像发现新大陆似的，总是特别惊喜地要赶紧拿过来第一个跟我分享，还会两眼放光有滋有味地讲给我听，让我能与他推心置腹地畅谈一番。

笑够之后，Z 先生终于淡定下来，站在我的面前开始主动给我讲起故事——金庸的射雕三部曲。

Z 先生声情并茂，讲得很是认真仔细，每每讲到好玩的地方还会停下来开个玩笑，我坐在沙发上微笑看着他，Z 先生好像把自己完全融入到故事当中，说得热火朝天，不停地在我身前走来走去。

为了不让 Z 先生察觉我的心不在焉与时有时无的发愣走神，我会在他稍微停顿的时候突然插话问他一些相关的问题。

Z 先生好像特别欣喜我能问他问题与他互动，总是很耐心地给我解答。

讲了好长时间 Z 先生有些口干舌燥，但是这丝毫没有影响他给我讲故事的浓厚兴趣。Z 先生端起茶几上的水杯猛喝了一大口水，接着很自然地把水杯顺手递到我的手上，意思是让我也喝点。

我接过杯子，顺便看了一眼坐在旁边地上玩玩具的小满，Z 先生接着忘情地讲着故事，小满在一旁玩得专注，根本没有空注意我们。

我一边听着 Z 先生的讲述一边正想赞叹小满今天格外乖巧，却无意间发现她的小手脏兮兮的很不像话，瞬间再也没有任何心情听故事了，我放下水杯，皱着眉头指使 Z 先生："快！快把你闺女抱到卫生间洗洗手！看她小手脏的！"

话音刚落，Z 先生的声音便戛然而止，但他并没按照我说的去做，而是迅速跑到卫生间接了一盆温水过来，整个过程不超过二十秒。

Z 先生蹲在地上一边耐心地给小满洗手一边还不忘给我接着讲故事听。

Z 先生讲得绘声绘色，语气轻松而又沉稳，此刻我却全然听不进去，而是有些生气 Z 先生不听我的话，冲动之下很不耐烦地冲他嚷道：

“不是叫你给小满抱到卫生间洗手吗？你非得端水过来洗！地都弄脏了不说，袖子也要弄湿了！”

Z 先生愣了一下，立马停止所有的动作，怯怯地看了我一眼，眼底闪过一缕短暂的失望低落，接着低下了头小声地说：

“我不是想给你讲故事听吗？”

我被 Z 先生这突如其来的一句话直击内心，一时竟不知如何是好。

不管出于什么原因，不管 Z 先生做了什么，自始至终他的出发点都是因为我。

看着 Z 先生略微失落的神情，回想自己刚刚误会他还冲他表现出那么不耐烦的态度，我惭愧心疼得不能自已！好后悔刚才不明事理责怪了 Z 先生，还对他毫不留情地乱发脾气，可是 Z 先生却什么都没说，这让我自责的内心突然多了很多的感动与安慰。

认识到自己的错误之后，我赶紧转变态度，嘻嘻哈哈地开着玩笑，随便想出一个问题问 Z 先生，Z 先生见我笑得开心还找了问题请教他，失落的脸庞突然像孩子一样笑了起来，好像刚才什么事情都没有发生，Z 先生接着耐心仔细地为我解答。

我坐在沙发上听着 Z 先生慷慨淋漓地讲了近两个小时的金庸作品，从故事情节到感情思想，再到金庸写作时惯用手法以及他作品的厉害之处，和类似作家名著都有怎样的区别与相似之处……他用自己的语言表达方式，加入了很多自己的见解想法，把这些内容彻头彻尾，全部详细为我讲述了一番。

说实话，我对这些东西丝毫不抱有任何兴趣，尽管 Z 先生讲得妙趣横生，但是在听故事的整个过程中，我真的有好几次忍不住想要打断他的讲话，但是看Z先生滔滔不绝那么开心，想到如果我在他最尽兴的时候告诉他：“这些东西好无趣！我一点也不想听！”那么他内心的失落该多么不言而喻。

所以我一直强迫自己尽力配合Z先生，听他讲故事，陪着他一起笑，虽然不用时时专注做到毫不放松，但偶尔来个小互动接个话，让Z先生知道我一直都有认真在听，也会让他内心感到欣喜温暖。

Z先生看到有意思的故事总是想着第一个跟我分享，以为我对这个故事又很感兴趣很想听，怕我闲着无聊，所以才会大费口舌，不嫌麻烦地耐心给我讲解；而我怕Z先生知道我其实对此并不感兴趣而失望低落，所以才一直尽力配合他，表现出很喜欢听的样子。

说白了，我们彼此之间总为对方考虑着想，把对方的感受置为首要，才会心甘情愿为对方做自己并不感兴趣的事。

好的爱情在很多方面都需要完美互补与换位思考。

就像Z先生喜欢讲故事，我愿意为了他听故事。

作为一个好妻子，除了工作事业上给予他坚定的支持鼓励、简单的出谋划策，以及在家里做好贤内助，照顾好家庭孩子让他感受家的温馨美满，更重要的往往是不被人关注从而忽略的小细节。

或许我给不了Z先生多么至关重要的帮助与决定，但这辈子，有Z先生在的每一天每一分每一秒，只要他愿意说，我就会一直微笑着默默聆听。

-03-

自从有了小满，每次我突然想吃什么东西或者突然想去哪里玩，都不会再像以前似的直接告诉 Z 先生，缠着他陪我做我想做的事。

因为我已经在不知不觉中，学会打着小满想要的幌子，还要装出一副可怜巴巴的模样去征求 Z 先生的意见。

这样一来显得我懂事一些，好像时刻都在为孩子着想；二来得到的效果总是比我自己直接提出要好得多。

就像前两天，我突然想去公园散步，公园位置离家有点远，我怕 Z 先生不想去，就一脸谄媚地跟他撒娇：

“老公，咱们带小满去公园转转吧！天天在小区里玩多没意思。”

到底是大我五岁的人，至少比我多走了五年的路，我的这点小把戏，Z 先生总是一眼就能看穿。

只不过他从来都不揭穿我，对于我内心的如意算盘，他总是表现出一副丝毫看不出来的样子，立马同意：“行！听你的。”

再或者，某天我和 Z 先生带着小满逛街，突然看到前方有卖我最爱吃的芝士蛋糕，本来又累又饿的我，瞬间就被引诱得垂涎欲滴。

我马上回过神来，一本正经地看着 Z 先生渴求地说：

“给你闺女买份芝士蛋糕吧！可好吃了！”

Z 先生看着我不经意上扬起嘴角，却偏偏故意说道：

“我看是你想吃吧！？”

还没容我厚着脸皮狡辩，他就已经踩着迅速的步伐，小跑过去买回来我最爱吃的蛋糕，然后轻轻地交到我的手中。

每次都是这样。等我达到目的，以为Z先生又被我的“障眼法”成功欺骗一次，从而得意忘形的时候，Z先生就会看着自作聪明的我，宠溺无奈又傲娇地说：

“也不知道每天是哄孩子还是哄你。好像每时每刻都是我和小满在陪你玩，逗你开心。”

突然想起很久以前我问过Z先生：“你有多爱我？”

Z先生想了想，很认真地回答：“像爱自己女儿那样爱你。”

我想这辈子除了我亲爹，再也不会有一个男人，能像Z先生这样对我说出这句话，且真正做得到。

这让我想起之前不知在哪儿看过的一句话：女孩儿，你应该找一个能像父亲那般疼你爱你的男人。

–04–

最近护肤品快要用完了，我琢磨着找个靠谱的代购给代一套。

Z先生得知后强烈反对，原因是他觉得代购不靠谱，很容易买到假货，因此坚持让我去专柜买。

Z先生的这份心意让我非常感动，但感动的同时，我还是理智地考虑到了现实问题，我要的那个牌子在专柜卖得太贵，如果找代购能省不少钱。

想了很久之后我还是决定找代购，为了能让Z先生放心，我跟他再三保证，一定多找几家，仔细对比再买。

未承想Z先生丝毫不肯让步，一定坚持让我去专柜买。

没办法，我只好说出实情，告诉他我是因为觉得专柜卖得太贵，实在不舍得花钱。

Z先生却满不在乎地说：

“不就一套护肤品吗？能花几个钱？专柜再贵能贵到哪儿去？用完了就买，不用给我省钱！你要是不听我的，非要找代购，花好几千买套假的回来才是真浪费。”

虽然Z先生不在乎我花钱多少，但是我自己却很在乎！

一想到专柜的价钱就觉得肉疼，毕竟我们不是多么大富大贵的家庭，以前还经历过各种拮据的生活，现在日子慢慢好起来，更觉得所有一切得来不易。

不过Z先生的话也确实在理，虽然代购比专柜便宜不少，但价钱也不低，要是花那么多钱买了假货才真是得不偿失。

本来就没主见的我，在这件事情上变得越发纠结。最后经过反复思考，加上Z先生态度坚决，我终于下定决心同意了他的建议——不找代购，而是狠了狠心直接去专柜。

其实关于这件事情，我根本没想到Z先生的态度会这么强烈。

一开始跟他说我要找代购也只是聊天时随口一说。

没想到Z先生却放在了心上，还很认真地给我出主意，好像比他自己买护肤品还要较真儿仔细。

要知道Z先生到现在用的还是三十块钱的洗面奶，而我单单买一支洗面奶的钱，都至少够他买十支了，更不用说还有其他一大堆的瓶瓶罐罐。

让我感动的不仅仅是Z先生舍得给我花钱，更多的是在我想为他省钱的时候，他却自始至终都在以“只为我好”为基础的情况下，给我拿主意。

这么多年，Z先生对自己很抠，对我却很大方的毛病真的是一点没改。

从恋爱到现在，Z先生所有的资金全部由我保管，每个月的工资不用说，他也会主动地如数上交。

需要花钱的时候会主动向我申请，并且如实告诉我钱的用处。

虽然这些年没有攒下什么积蓄，但是我花钱他从来不管。

想要什么，想买什么，只要自己做主就好，完全不用向他汇报。

Z先生也从来不会埋怨我，更不会因此表现出任何不悦。

尽管如此，力争做一个贤妻良母的我，肯定不能因为Z先生的疼爱与纵容，让自己冲昏头脑，导致花起钱来一发而不可收拾。

不能辜负Z先生让我掌管财政的心意，更不能让他觉得我很不懂事。

因此Z先生对我越大方，我就越要对自己抠门一些。

结婚过日子，总要勤俭持家为好。

可惜我天生有些爱贪小便宜的毛病，所以很多时候很多事反而本末倒置了。

我总认为不管在哪方面，如果花很少的钱，可以买到一个有些分量、看起来很值的东西，也不管那东西效果如何，实不实用，都好像赚大了似的。

实际上这种贪小便宜的行为，常常让我吃大亏。

因为我忽略了一个道理，那就是一分钱一分货。

就好像买衣服这件事情，我总喜欢上淘宝淘一些便宜好看但不实用的衣服，因为价钱不贵，所以没事我就上淘宝买几件，不用花太多钱，还能买着好看的衣服，想想就觉得又开心又满足。

而 Z 先生虽然不经常买衣服，甚至一年也买不了几件，但是他只要买衣服就肯定不会像我似的，淘一些便宜货，而是必须买正规牌子，价格也都不便宜，有的一件衣服够我买好多件。

这么一看我好像比 Z 先生会省钱过日子，实际上并不是。

因为衣服便宜，质量肯定也跟不上，一般洗过一两回就走形开线掉色……

出现各种问题，衣服看起来太次，穿不出去，只好压箱底重新再买，这么一来二去，每年在衣服上花的钱总是超出很多，反而 Z 先生在衣食住行这方面，要比我讲究一些。

对于买衣服，Z 先生给我买要比给他自己买重视得多。

其实 Z 先生对我买便宜货这件事很无奈，每次我俩逛街，我只要看到便宜好看的衣服就立马走不动路，也不管质量如何。

恨不得全部试个遍，然后买回家。往往这个时候 Z 先生就会特别无语，皱着眉头一脸严肃地将我拽走，把我带向专卖店，亲自给我挑衣服。

但大多时候我不愿听他的，偏偏非买不可，倔脾气一上来谁都没办法，Z先生只好妥协顺着我。

等我买回去穿一两次嫌弃不好看抱怨的时候，Z先生好像早就意料如此，无奈地笑着调侃我：

“当时我不让你买，你偏买。那会儿要是听我的，买我给你挑的那几件，穿着肯定比这些好看得多……”

Z先生的购物理念是，买好的！买对的！哪怕价钱贵一些也没关系！

而这一特点大多数时候只实施在我的身上，而且不只是现在才这样。

我俩最困难的时候，吃饭都是馒头就咸菜，更别提买件好衣服穿了，然而那个时候他就算省吃俭用，也要省下钱来给我买衣服。

哪怕他只剩一千块钱，恰巧我俩都没有好衣服穿，都需要买衣服置办的时候，Z先生宁愿自己冻着扛着，也不会把一千块钱分开，让我们一人买一件衣服，而是会用那仅剩的一千块钱，直接单独给我买件最好的。

为的就是让我无论什么时候看起来都很光鲜亮丽。

Z先生一直在努力，他总是用尽全力，付出一切地对我好，不让我受委屈。

我曾经说过，Z先生是那种有一百块钱就会给我花九十九块钱的人，现在想想这个说法不属实。

因为从一开始到现在，Z先生有多少就会给我花多少；他拥有什么，也都会全部给我，毫无保留。

不可否认，现实中的爱情离不开金钱与物质，婚姻更是需要建立在这些基础之上，但这并不代表恋爱或结婚，只要拥有这些就足够的。

除非你很坚强，面对爱情有着不屈不挠的气魄，不管什么时候都可以肯定地说，爱情对你不值一提，你要的只是物质世界的满足，而丝毫不追求情感世界的充裕，哪怕对方不够爱你，只要给你想要的一切现实的东西，你也不会因此痛苦万分。

但凡你不能肯定，但凡你做不到这样，那么在一份好的爱情中，更重要的远远是对方有一颗真心实意爱你的心，以及无论何时何地都愿为你全身心付出的情。

很多女孩说：面包我自己买，你只需要给我爱情。

这些无外乎都是在说一个好的恋人，一颗真挚的心比什么都重要。

没关系，物质我可以自己满足自己，但是如果你连精神感情都满足不了我，那么我要你做什么？

因此退一万步讲，我始终认为，女孩哪怕找一个没有太多钱，但舍得给你花钱的男人，也不要找一个明明很有钱，却对你事事抠算的男人。

男人存折上的数字不重要，重要的是有多少花在你身上。

–05–

把小满哄睡之后，终于迎来了我和 Z 先生的二人世界，已是凌晨，Z 先生还在忙着工作。

我因为要照顾小满，暂时无法上班，所以养家糊口的重任就全部落在了 Z 先生一个人身上。

为了赚钱养家，Z 先生什么工作都接，不辞辛苦、不嫌麻烦。

别人早已沉醉梦乡，他还坐在电脑前一点一点地细致修图，看着他忙碌工作的身影，我的内心也深感酸楚。

和 Z 先生在一起多年，我养成了一个习惯——不管他几点回家，我都要等他回来之后，和他一起入睡。

因此他加班的时候，我也不闲着，搬张椅子坐在他身边陪着他。

我很享受陪伴 Z 先生加班的“辛苦”时光，说“辛苦”或许有些严重。

因为从头到尾，辛苦的只有他一个，我只不过为熬夜不睡觉找了个合适的借口。

我们家有两台电脑，Z 先生加班工作的时候用一台，我在一旁用另一台电脑玩弱智的游戏打发时间。

Z 先生从来不玩网游，因此也不喜欢我玩。

好在我比较笨，只会玩两个不用带脑子的游戏，斗地主和那个平均年龄不超过十五岁的 QQ 堂（其实我也超级想玩玩那些比较热门的大型网游，因为我觉得会打网游的女孩都特别帅！但是由于我反应慢、灵活系数低，所以玩不了那些游戏，这也因此让 Z 先生省了不少心）。

除非是 Z 先生不上班休息在家，我们能腻在一起一整天，平时我和 Z 先生单独相处的时光真的少得可怜。

因为白天他忙着工作，要很晚才能回家。

回家之后，一天没见到爸爸的小满，谁都不肯要，Z 先生给她喂饭、洗澡、玩玩具、讲故事，等一切忙完把小满哄睡之后，我们才能拥有短暂的二人时光。

就这么零星的时间，还要被工作占据一部分，所以每天我想跟他腻歪一会儿都没有机会。

也因此形成了他在认真工作，我在一边玩游戏的情景，彼此有一搭没一搭地闲聊。其实很多时候我都困得挺不住了，游戏也不想再玩下去，他的工作我更是帮不上一点忙。

但还是不愿丢下他一个人先去睡觉，因为我要的只是陪在他身边，哪怕一句话都不说，彼此能感受到对方的存在，单纯享受这静谧的时光就好。

这么得来不易的场景看起来多么美好浪漫，但是对于 Z 先生而言可不这么认为。

每次陪他熬夜，都会招来他的一顿臭骂，一边盯着电脑，一边皱着眉头严肃地催促我快点睡觉。

而我每次都厚着脸皮，跟他嬉皮笑脸地装作没听见，继续赖在他身边，Z 先生无可奈何，只好默不作声地加速工作，好早一点结束。

因为他知道，他不睡我就不睡。以前看过一句话，大概意思是说：“喜欢你的人会陪你熬夜聊天，但爱你的人只会担心你的身体，催促你早点睡觉。”

越是这种情况，我越能感觉到Z先生的良苦用心。

他为了让我早点休息睡个好觉，不忍心我陪他加班，所以骂我不让我熬夜。

但是我却怕他一个人加班太辛苦、太孤单，只想坐在他身边陪他解闷。

我们都是为了彼此，只不过出发点不同。

其实陪着Z先生熬夜是要付出一定代价的，那就是第二天早上起不来！

通常小满睡醒很久之后，我连眼睛都睁不开，这个时候Z先生只好赶紧起床，忙活着给小满把尿、洗脸、穿衣服。原本我只是想安静地享受二人世界，没承想，这样任性的做法得到的后果还要Z先生来承担。

“别熬夜了！快点去睡觉！不然明天早上小满睡醒了你还起不来！”

“没办法啊！谁让我有个勤快体贴又爱我的好老公呢？！反正什么事他都能帮我处理好！”

“……”

-06-

可能对于很多人来说，做妈妈是一件非常辛苦不易的事。

十月怀胎一朝分娩就不用说了，生完宝宝要一边带孩子、一边做家务，有的妈妈甚至还要一边工作，想想都觉得身心疲惫。

说实话，我怀小满的时候，也总害怕小满出生之后，我又要照顾孩子又要照顾家庭而忙不过来。

加上身边有经验的人总是给我灌输：带孩子连饭都吃不上。导致我那时特别郁闷，根本不敢想生完宝宝之后的日子该多么难熬。

可后来事实证明并不是所有人都这样，就像在我们家里，最辛苦的不是妈妈，而是爸爸。

Z先生平时工作期间都是我自己在家带小满，毕竟是第一次带孩子，身边没人给我搭把手，很多事情都要自己摸索慢慢学习，刚开始常常手忙脚乱一整天。

从小满出生的那天起，Z先生对我的要求就是，只需要把孩子照顾好，剩下来的事情，像赚钱、做家务什么的统统交给他来解决。

Z先生心疼我，怕我太累，不止一次地告诉我，没时间没精力收拾屋子无所谓，把家务放在那儿，等他回家他来做。

所以刚开始小满还小不好照顾的时候，Z先生只要工作结束一回家，根本来不及休息，就赶忙帮我哄孩子、做家务。

到了Z先生的休息日就更不用说了，那些原本是我分内应该做的事情全被他一个人包圆了。

从在一起到现在，他都未曾改变这一勤快体贴的特性。

唯一不同的是现在多了一个孩子，他需要多付出一份精力在孩子身上。

今年Z先生过年休息的时间前后加起来大概有一个半月，这一个半月里，他虽然不用工作，可是几乎每天也没有闲着。

小满早上一睡醒就必须马上起床，往往这个时候我和Z先生都睡得正香，他只要一听到小满的动静，根本来不及醒神，整个人还处于迷茫状态，也会二话不说，顶着蒙眬睡眼，噌的一下从被窝里蹿起来给小满打水洗脸，而我则在被窝里直接睡到自然醒。

在给小满洗完脸、洗完屁屁、穿好衣服之后，Z先生把小满抱出卧室关好房门,好让我安静休息不受打扰。等他把小满放在客厅安置好，自己才抓紧时间刷牙洗脸。

一般这个时候我也睡得差不多了，终于磨磨蹭蹭从被窝里爬起来。等我洗漱完毕之后，他已经给小满喂完早饭了。

看到我起床便笑着调侃我几句，顺便催促我赶紧吃早饭。

吃过早饭我陪小满玩，Z先生在卫生间忙着洗小满昨天换下来的脏衣服，以及我的内衣内裤和袜子。

等到中午，午饭过罢，Z先生又主动收拾碗筷，擦桌子洗碗。

忙完这些活儿还没来得及休息一下，就要给小满穿衣服穿鞋，带她到外面玩。

有的时候我会跟着一起去，但大多时候我懒得动弹，就窝在家里看电视，Z 先生就自己带小满出去玩，玩一两个小时再回来，而一般这个时候小满已经睡着了。

一天的时间已经过去一大半，Z先生这才好不容易忙里偷闲一会儿。可好景不长，要不了多久小满午觉睡醒，Z 先生又要接着哄她陪她玩。

吃过晚饭，Z 先生照常主动收拾桌子，刷洗碗筷。

到了小满洗澡的时间，他二话不说，赶忙去卫生间给小满放好洗澡水，试好水温，再亲自给小满洗澡。

洗完澡之后，Z 先生给小满擦完香香、做完抚触、穿好纸尿裤和衣服，我陪小满玩，他忙着扫地拖地倒垃圾，所有家务都做完了，从我这儿接过小满，他再陪小满接着玩，而我这个时候已经钻进被窝里玩手机了。

等到小满累了困了，Z 先生再把小满抱到床上跟她玩会儿捉迷藏或给她讲故事。

小满玩够了该睡觉了，我好不容易把小满哄睡着，Z 先生这才终于在一天时间中彻底闲了下来……

整个假期的每一天，Z 先生都是这么过来的，哪怕我们一家三口出门游玩一天，回到家，Z 先生也会先做完家务再休息。

看 Z 先生这么辛苦我也很心疼，好在 Z 先生的工作日远远多于休息日，加上小满现在长大一点，不再像小的时候那么难带，所以平时我会尽力做好分内的事情不让他操心。

尽管 Z 先生总说不用我做家务，但只要他工作的时候，我还是会孩子家庭两不误，照顾孩子的同时也能把家里收拾得井井有条，在他下班回家的时候为他做一桌丰盛的饭菜，为的就是能让他轻松一些，我也好弥补自己内心的些许歉疚。

其实Z先生心疼体贴我的同时，还有一方面是觉得我干活太磨叽，所以只要他一休息，就会一如既往地把家里大大小小的琐事全部处理好，一来能让我休息轻松一下，二来他做起家务时有条不紊且雷厉风行。

以前总听别人说，做了妈妈就再也没有假期。

没生孩子之前怕得要命，总担心会被孩子和家庭剥夺了我所有的自由和时间，但生完小满之后我才发现这种事情并不存在我的身上。

小满从出生到现在，每次我和朋友约好逛街吃饭，只要那天Z先生不工作，肯定会主动承担家里的一切事务。我就可以放宽心和朋友出去玩个痛快。

一整天不在家，Z先生也不会打电话催促抱怨。

等我回到家的时候，家里总是收拾得一尘不染，小满则在一旁玩得开心。

Z先生不但不会有任何不快或怨言，反而还会愉快地问我玩得开不开心。

自从结婚做了爸爸，Z先生空闲时间几乎都奉献给了家庭，他为我、为孩子、为整个家庭付出太多太多。

在我看来两个人在一起最重要的是互补，就像我性格懒散，但Z先生勤快。

我不喜欢做的事，他帮我处理好；我喜欢做的事，他永远默默支持。

我老家有句话叫“懒人有懒福”，我觉得这句话用来形容我再合适不过了。

可能我没有别人多大富大贵的奢靡生活，但是我有平淡美满的幸福家庭，以及一个时刻为我着想，体贴理解我的好老公，这就足够了。

-07-

没抢到伦妹儿 2016 年北京站演唱会的门票，因此很不开心，噘着嘴跟 Z 先生抱怨发牢骚。Z 先生得知原因后松了口气：

“我还以为什么事，让你这么生气。原来是因为这个啊！那还不好办？找黄牛票多的是！”

我一脸不屑地盯着 Z 先生没有说话，Z 先生一边掏出手机一边痛快地说：“我现在就找，给你订个内场票。”

话音刚落我却立马急了：

“拉倒吧！内场票一张要 2280！我就算买,最多也就买个 1280 的，只是听听歌，感受一下气氛就好。”

Z 先生抬起头疑惑地看了我一眼，转而随意且淡定地回答：

“2280 就 2280 呗，那又怎么样？看演唱会不买内场票多没意思？黄牛内场也就贵个一两千块钱，买个内场的不仅能让你感受到气氛，还能离周杰伦近一些。想去咱就买，就买这个，不买靠后的，没啥大不了的！”

听到 Z 先生这么说，我那些因为没抢到票而导致各种不愉快的情绪，瞬间烟消云散，取而代之的是满心的感动与幸福。

但是理智的思想很快把我拽到现实中来，我赶紧过去一把夺走Z先生的手机，Z先生被我突如其来的动作吓了一跳，暂时没反应过来，一脸茫然地看着我。

我把手机往兜里一塞，装出一副云淡风轻的样子解释道：

“别价！让我花好几千块钱看场演唱会我可做不到。还是算了吧，以后有机会再说。”

Z先生并不听我解释，走到我身边试图拿走手机，坚持要找黄牛给我订张票。

但是我紧紧地按住手机死活不肯还给他，Z先生见拗不过我也只好作罢……

我虽然喜欢伦妹儿，虽然也很想去演唱会现场，但没有到非看不可的地步，只不过今天因为没抢到票有点小小的失望罢了。

毕竟让我花那么多钱，找黄牛去达到自己的目的，我是真的真的做不到。

要是搁以前没有小满的时候，或许今天我会狠狠心奢侈一把，可现在我已是结婚有孩子的人了，很多时候不能太过任性，生活中不必要花的钱还是能省则省比较好。

我不是一个追星的人，喜欢伦妹儿也没有到疯狂痴迷的地步。

但是Z先生几乎连喜欢的明星都没有，看到很多人不顾一切地追星，Z先生对此很不理解。

没想到这次我要看演唱会，他竟然没有一丝犹豫，如此坚定地支持我，这让我非常感动。

其实对我来说，重要的不是看不看演唱会，而是Z先生对于此事的态度。

今年看不成那就明年看，来日方长，反正以后有的是机会。

而Z先生的这些举动与言语，要比我看完一场演唱会温暖得多。

回想在一起的这么多年，每次不管我想做什么，不管我突如其来地萌生出各种想法，也不管我做了怎样的决定，Z先生永远都是无条件地支持我、陪伴我，做我最有力的坚实后盾。

让我不论在什么时候，只要想起他就会心存满满的安全感。

我想这大抵就是：爱你，就会义无反顾地支持你，做任何你想做且正确的事！

-08-

我和Z先生的老家相隔2500多公里，刚恋爱时，彼此生活习惯存在很大的差异，特别是对于“吃”这方面，更难融合到一起去。

我是南方人，从小到大，家里做菜基本以“爆炒蒸炸”为主。

将食材提前准备出来，切成合适的形状，再把蔬菜和蔬菜（肉类）搭配好，放在一起做成红烧、糖醋、清蒸……或者更多的口味，总之同样的菜有不同的做法，而且每种做法都特别好吃。

Z先生是东北人，东北做菜大都以“炖”为主（他们那儿有道很有名的菜——“东北乱炖”，从字面上就可以理解这道菜是怎么个做法）。

东北菜一般是把所有食材切好放在一起炖，炖熟之后连菜带汤一锅端起，盛在菜盆里吃着也特别爽。

但是，我俩刚在一起时我并不这么认为。

我不理解，好端端的菜，明明有很多种好吃的做法，为什么非要放在一起炖着吃?

而且在我的意识里，有些菜必须按照特定的方法做。

比如茄子，要么切成块，裹上面糊，过一遍油再红烧，要么直接烤着吃，但认识Z先生之后我才知道茄子居然还可以炖着吃!……炖着吃!……着吃!……吃!……

天知道我第一次吃炖茄子的时候有多么蒙、多么难受!

加上还有一些其他的饮食习惯的不同:

我口味清淡，以前一点辣都吃不了，每次在外吃东西，不管是正餐还是路边小吃，一律都是原味、清汤、不放辣椒，可Z先生不同，他吃东西口味重，无辣不欢。

我们老家每天晚上的主食基本以粥为主，但Z先生从小到大，晚上几乎都是吃米饭，就算喝粥，也要搭配着馒头大饼一起吃，因为粥对于他们来说是辅食。

最重要的一点，也是我最不能接受的一点!

他们那儿居然不喝汤，也不是不喝，是很少很少喝，认识我之前，Z先生一年也喝不了几次汤;可我不同，我是个特别爱喝汤的人。

以前最少也要一周喝一次，排骨汤、猪蹄汤、鸡汤，再不济紫菜蛋花汤都行，可是我俩在一起之后我却很少喝汤。

……

这些看似无关紧要的小事，在我俩刚恋爱那会儿却是个很大的问题。

为了不因此发生争吵，我们必须有个人改变自己的饮食习惯，遵循对方的口味。

因此，刚开始我家吃饭口味都以我为主。虽然每次做饭前 Z 先生没有任何意见，也不会主动说想吃什么，不想吃什么。

我做的所有饭菜他都全部接受，没有怨言。

我一直都以为 Z 先生对于吃这件事没那么多讲究，甚至以为他和我一样不喜欢吃东北菜。

可这种想法既自私又幼稚，Z 先生是标准的东北人，从小在东北长大，怎么可能不喜欢吃东北菜？！

但是这一点我那时并没有意识到。

后来有次我俩吵架，不知怎么争论到吃东西这件事上，我还记得 Z 先生一脸委屈地对我说：

“我为了你一年没有吃炖茄子、炖土豆，都快忘了老家菜的味道了，你又吃不了辣，我跟着你，嘴都快淡出水了！”

这些话虽然听起来很搞笑，可仔细一想又觉得心酸不已。

后来我意识到老这样下去也不行，不能让 Z 先生一个人付出，于是也开始试着吃辣，做一些口味比较重的东北菜，并且尽可能地不挑食（虽然到现在我还是不吃炖茄子，但真的已经努力改变了）。

Z 先生也依旧附和我。我做菜做淡了，他就在边上放一瓶老干妈；做咸了，他就一边喝水一边吃。

知道我爱吃什么菜，每次出去吃饭都会为我点；知道我喜欢什么小吃，下班回家会给我带一些。

我的厨艺是认识Z先生之后学会并增进的，实际上，我俩之间是Z先生先学会下厨的。

为了迎合我的口味与喜好，他不止一次在网上看食谱学做饭。

以前只会煮泡面的他，为了我居然学会做糖醋排骨、红烧牛肉；知道我爱喝汤，没事儿就给我煲汤喝，而且知道汤要怎么做才鲜美，要怎么做才能熬出漂亮的乳白色。

Z先生和我在一起之后没少付出，他是个脾气又倔、原则性又强的人，有些事该怎么做就必须怎么做，谁都不能改变。

这么固执的一个人，却为了我连吃饭的口味都能改变。

在很多人看来这些事微乎其微，不值一提。

可事实上，细节才能体现一切。

如果一个人只是大体上看着对你还不错，却总是忽略某些细节，那么只能说明他对你的感情不够深，你也体会不到只有细节才能带给你的幸福感与满足感。

话说回来，如果你和你的他之间也存在或多或少的差异，可能是性格不合？三观不一致？兴趣爱好不对口？再或者生活习惯不相同？

哪怕你们之间隐藏着一条无形的沟壑，你觉得他的某些问题你无法接受，也不要强迫他越过沟壑抓住你，更不要试着改变他！

不管他让你无法忍受的那一点是好是坏，你都不要想着去改变他！

江山易改，本性难移。你不是救世主，就不要想着改变谁！对任何人都一样！

因为真正爱你的人，当他意识到你们之间有差异时，不用你说他也会想办法改变，尽最大的努力成全彼此。你能做的要么是改变自己附和他，要么果断远离。

我知道Z先生对我的感情有多深，就像他可以为我改变这么多年的饮食口味、生活习惯。

但你们要知道，他只是特殊例子，而且有我后来的改变，才能使我俩形成一种共同的生活方式。

世上本就没有完全合适的两个人，都是需要经历磨合才能找到合适的相处方式。

在你还不能为对方考虑的时候，永远不要想着先让对方为你付出，“己所不欲，勿施于人”。

磨合的过程或许有些痛苦，但过后的相互融合却更有意义！

–09–

我和Z先生在一起之后，曾经有段时间极度自卑。

因为身边每个人谈论起Z先生都是褒义赞赏，不论是颜值、身材、人品素养、工作能力，他都算得上出类拔萃。

然而我与他恰恰相反，颜值不高、身材不好也就罢了，关键我还不懂得人情世故，典型的社交白痴，不会说话办事哄人开心，总之基本没有什么显而易见的优点。

加上耳边闲言碎语不断，议论我压根儿配不上他，让本来就缺乏自信心的我，彻底自卑到了极点。

虽然我从来没有跟Z先生提起过这些，在他面前也都是装出一副“老子最牛、老子最傲娇”的样子，其实内心十分没有底气。

我总是刻意躲避去见他的朋友与同事；不敢去他的公司找他；和他走在一起害怕被熟人看见；担心他朋友知道他找了个我这样不起眼的人做女朋友，很丢他的脸。

但是Z先生却丝毫没有这么想过。

跟我在一起的第一天就拉着我去见了他最好的哥们儿。

从那以后，每次不管去哪儿他都要带着我，哪怕我不化妆不捯饬，邋里邋遢跟着他，他也不会介意。

有一次Z先生的公司组织聚餐K歌，他的同事商量之后决定带上各自的家属，于是Z先生赶忙打电话叫我过去。

那天我休息没上班，在家宅了一整天，衣衫不整、蓬头垢面，接到电话时，一听Z先生叫我参加他的同事聚会，吓得一激灵，想到他同事的女朋友肯定个个高颜值、好身材，我却跟个乡村小土帽似的，立马决定不去凑热闹了，免得给他丢人现眼。

我赶紧拒绝，随便找个理由搪塞他：

“我可不去，一整天都没出门了，现在再化妆打扮肯定来不及。”

“化什么妆啊！简单收拾一下就过来吧，快到了给我打电话我去接你。”

“我真不去了！我长得又不好看，也不会说话办事，去了别再丢你人。”

“别废话！赶紧过来！你是我媳妇，以后要带你出席的大场合多着呢。”

时隔数年，Z 先生的这句话我仍记忆犹新。

他总是这样，不管什么时候，都能通过我的一两句话参透我所有的小心思。

知道我是自卑心理在作祟，却不会故意揭穿我。

表面上调侃着哄我，实际是在暗自给我加油打气。

其实以前的我本身也是个很自卑的人。

小时候成绩不好，总被身边人看不起，青春期脸上爆痘不会打扮，还被同学嘲笑称呼为“丑女”。因此我曾很长一段时间在人群中都抬不起头。

后来好不容易遇到一个这么优秀的男人，本应该高兴才是，却因为内心的自卑导致我对这份感情变得无所适从。

好在这种自卑感并不是那么根深蒂固，也没有存在太长时间。

Z 先生从来没有觉得自己多么厉害，也从来没有在我面前表现出些许优越感。

反而处处以我为中心，做每件事都会征求我的意见，让我潜意识里感受到自己对他的重要性。

加上他平时总是有意无意地对我表示鼓励与夸赞，没事就以开玩笑的形式表扬我，终于一点一点地帮我重拾自信。

我也渐渐地发现，最初 Z 先生身上所有的闪耀光环，在经过柴米油盐的洗涤之后，慢慢退去鲜艳的光芒，在我心中的形象从一开始的高高在上，渐渐演变成平凡普通的样子。

我开始意识到自己并没有想象中的那么糟糕。

虽然颜值身材未能得到改变，但我的性格脾气却有一个很大改善，在为人处世方面也进步许多。

因为深知Z先生的生活习惯，我可以很清楚地摸索到他的脾气，根据他的喜好厌恶，为他安排生活起居。

虽然我帮不上什么大忙，却能默默处理好所有他看不到的小细节，让他在日常生活中对我产生依赖。

我用心经营彼此的感情，用自己擅长的方式给他最好的爱，在我们的二人世界中，我一点都不差！

经过这么多年的沉淀，看多了别人各式各样的感情经历，我越来越觉得，两个人在一起哪里分什么自卑与优越？哪里分配不配得上？

不管是因为长相性格这方面，还是因为家庭条件这方面。

哪怕他是一个受万人瞩目的天子，而你只是一个低进尘埃的平凡人，都不该存在谁比谁高贵，谁又比谁低一等的说法。

因为在二人的感情世界中，你们是绝对平行的对等地位。

如果真有人觉得对方实在配不上自己，何必一开始还要选择跟他在一起？

难道恋爱就是让你在对方面前展现优越感的吗？

就算外人看来你们之间有着天壤之别的差异，你也不应该怀疑自己。

因为他们本就是戴着有色眼镜去看待你们，哪怕你完美到无可挑剔，哪怕你们的感情好得如胶似漆，他们也必须找出些许漏洞加以抨击。

配不配得上不是他们说了算，因为彼此之间的感情只有你们自己知道。

他爱你，就说明你有你的过人之处，有别人没有的优点，外人又有什么资格评头论足？

想要收获一份真挚的感情，首先要赢得他对你百分之百的尊敬。

然而想要对方尊敬你，你先要学会尊敬自己——消除内心所有的自卑感，坚信自己不比任何人差。

不管什么时候，永远不要卑微地去爱一个人，不要为他委曲求全，也不要把对方在自己心目中树立成多么高大的形象。

你我只是普通凡人，都是秉持一颗真挚的心，努力经营自己的感情。

在爱情面前，只要付出真心，就不该有高低贵贱、荣辱尊卑之分。

-10-

和 Z 先生吵架了，吵得很凶！和以前一样，又是我先引起的。

刚开始我俩只是语言攻击，后来我气得想挠他，奈何个子矮，胳膊短，刚伸出胳膊就被他用手挡住了，死活够不到。

Z 先生也很生气，二话不说把我电脑里的一些重要文件全删了（好在我之前怕电脑出问题，所以在别的地方留有备份）。

Z 先生看自己计谋不得逞，想学我之前给婆婆告状的那一招，发微信给我妈，让我妈管管我，谁知我妈轻描淡写地回了句：“别跟我说，她是你老婆，我不管。”

心疼Z先生，妈妈不疼，丈母娘不爱的，连吵架都没人帮他。

昨晚睡觉的时候Z先生跟没事儿人似的，侧过身抱住我，我还在气头上，一把推开他：“滚开！你没资格碰我！”

Z先生往我身边凑了凑，一把搂住我：“有没有资格不是你说了算。”

……

虽然现在冷静下来，回想起来觉得挺有意思，但吵架的过程真的特别伤心。

我俩都是那种嘴巴很毒的人，平时口无遮拦，有什么说什么，常常因此误伤人，吵架时脾气一上来，更是不计后果，什么难听的话都说得出来。

为了发泄自己的怒火，用各种伤人的语言攻击对方，冷静之后再想，这样有必要吗？控制不住一时的情绪，伤害自己最爱的人，真是愚蠢啊！

其实Z先生是顺毛驴性格，吃软不吃硬。

遇到什么事儿心平气和地跟他说，他一点脾气没有，但如果故意和他对抗，和他较劲，那完了！

他就跟点了火的炮仗似的，立马炸开！

这点我俩相反，我是那种平时牛烘烘，谁都不服的样子，吵架刚开始还占上风，丝毫不认输，任凭对方给无数个台阶，都不领情，站在自己建造的制高点上，盛气凌人，直到对方的耐心被我耗尽，冲我吼个两嗓子，我立马蔫了，灰溜溜地爬下来，一声不敢再言语。

Z 先生好像抓住了我这个弱点，所以每次吵架都能轻松把我制服。

到底只是一个普通人，也有平常人的七情六欲。

没有不吵架的夫妻，再有钱、感情再好都不可能不吵架，就像舌头和牙齿配合这么默契，牙齿也有不小心咬到舌头的时候。

只不过区别在于，有的夫妻吵完架很快就能和好，跟什么事儿都没发生一样。

有的一旦吵架，就很难回到当初。很庆幸，我和 Z 先生属于前者。

而且我并不觉得吵架的时候，不管是谁的责任，男人都必须跟女人认错。

虽然网上类似的段子有很多，但玩笑归玩笑，段子归段子，生活不像故事，生活牵扯到的现实问题太多太多。

我始终认为，吵架就说明感情出现了问题，这时候应该做的是改正错误，共渡难关，而不是互相耍小性子。

女孩子不要指望一个人永远不计得失地惯着你，一次两次可以，时间久了再爱你的人也会厌烦。就算他心甘情愿，这样做也太自私，毕竟感情是两个人的事。

同理，男人也一样，再温柔贤惠的女孩，耐心也有限，不要把对你的好，当作不重要的东西肆意浪费。虽然女孩子有时任性、不懂事，但一码归一码，你要做的是把错误问题摆在明面上说出来，帮助她一起改正，而不是什么都不说，使用冷暴力对待她。

生活中难免有些磕磕绊绊，但对就是对，错就是错，哪怕再爱一个人也该保全自己的原则。

爱你的人不会让你为难，更不会让你一味地委曲求全。

在一份美好的爱情中，能够意识到自己的问题才最难能可贵，能一起进步的爱情才最有意义！

-11-

长期以来，我对青春题材的电影都特别感兴趣，说不清什么原因，可能是被电影的细腻情感所打动，这类电影我总是能看一次哭一次。

在别人看来，这类电影幼稚无趣，可我认为，有时看电影不只是看剧情和特效，更多的是一种情怀和感觉。

对我而言，美好纯真的爱情大多发生在学生时代，懵懂而稚嫩，像一个还未成熟的果子，第一口咬下去略微青涩，细细品尝会发现有着妙不可言的甜腻口感，多年之后依然令人回味无穷。

我很羡慕那些发生在学生时期的爱情，因为我从来没有经历过。

我的青春期自卑、叛逆、丑陋、敏感，所有贬义词安在那时的我身上都非常匹配。

那时候的我留着厚重的学生头，每天都有挤不完的青春痘，不会打扮，穿着土里土气，别的女生早已扮上俏皮的小短裙和洋气的帆布鞋，我还穿着廉价的牛仔裤和掉了漆的旧皮鞋。

我成绩很差，偏偏不学无术，唯一说得过去的是我的语文成绩特别好。

由于叛逆心理非常严重，我脾气易怒，性格倔强，谁都不放在眼里，好像天不怕地不怕，每天和一堆人打打闹闹，没有一刻安静的时候。

对待别人要么像仇敌似的分外眼红，要么像疯子似的没心没肺。

外人看我特立独行，疯疯癫癫，实际上，我只是用暴躁难缠的性格来掩饰内心的极度自卑。

那种自卑感是根深蒂固的，它曾隐藏在我心底很长一段时间，直到我和 Z 先生在一起之后都有。

尽管如此，在情窦初开的年代，我也曾幻想经历一场难忘的早恋，哪怕只是彼此知道的地下恋情也可以，哪怕只存在一天都行。

可这种事对那时的我来说简直是痴人说梦，看到别的女生收情书、接礼物，我只有羡慕的份儿。

后来不知不觉中，我变了，变得不爱说话，变得老实孤僻，我也不知道为什么。

好像人每到一个年纪，就会经历一次脱胎换骨。

以前下课放学满走廊来回跑的我，居然也能整天安安静静地坐在座位上。

我每天都会从校门口的书店借很多很多的书，带到班里插上耳机开始看，一看就是一天，什么都不做，偶尔也会写写文，写完就撕掉……

渐渐地，居然也开始有男生追我，跟我表白（虽然我那时并不好看）。

追我的那些男生中，有的对我真的很好，其中一个后来追了我很多年，是那种打着网游，见到我跟他说话，就会立马退掉游戏陪我聊天的人。

可是缘分是种奇妙的东西，很多道理只有经历之后才会懂。

到了那一刻我突然明白，有人追不代表就会恋爱，因为追你的人你不一定喜欢他，纵然他千般好万般好，你就是对他一丁点感觉都没有，宁愿单着，也没想过要和他在一起。

后来的后来我遇到 Z 先生才知道什么叫作对的人，就是看到他的第一眼你就想和他私订终身，幸运的是我最后真的和他在一起了。

我以前常常跟 Z 先生感叹，如果我能早些认识他该多好。

实际上，我的这种想法有点贪心，因为仔细算下来我俩相识并不晚。

我十七岁就跟了他，不早也不晚，一切刚刚好，只不过他比我大五岁，没有机会陪我一起成长。

他上小学的时候我才刚出生，我上小学的时候他已经上了初中，好像认识他以前我一直都在追逐他的脚步，好在从此以后的人生旅途有他陪着我一起走。

我的青春他从未参与，也并不知晓，之前我还为此感到遗憾，但当我看到 Z 先生给了我更加成熟稳重的爱情时便不这么认为了。

正因为有了他，我才越变越好，越变越自信，他帮我实现了最大的人生价值。

让我对生活充满期待，让我感受到前所未有的幸福。

其实我特别怀念我的学生时代，虽然压抑紧张，但不乏搞笑活跃，那是我短暂又宝贵的人生经历，它跟我和 Z 先生在一起的时光有所不同。

它代表的是我稍纵即逝的青春，而 Z 先生给了我整个人生。

相爱本就不是一件容易的事，每一种爱情都值得被珍惜。

在什么时间遇到一点都不重要，只要陪我到最后的人是他就好。

以前我总认为在美好的年华里遇见爱情是非常幸运的事情，现在我才明白遇见爱情的时候才是最美好的年华。

-12-

Z 先生最近和一个朋友商讨合伙做生意的事情，因为没谈妥，最后两人闹得很不愉快。这个朋友对他来说很重要，关系弄到这个份儿上，Z 先生也很郁闷，晚饭的时候，他突然跟我说：

“我觉得人生就像小时候唱的一首儿歌——《找朋友》。好像这一生都在忙着找朋友，却找不到合适的。”

仔细思考，还真就是这个理儿，我长这么大，接触过形形色色的人，可算作朋友的却只有三个。

其中相识最长的朋友至今已有九年，最短的也有七年之久。

我在她们面前从不掩饰，从不假装，彼此之间非常了解，可以说对方一撅屁股我就知道她要拉什么屎。

虽然她们三个互不相识，性格也各有特点，但在我心目中的位置不分上下。

我是那种没有主见，依赖心还特别强的人，遇到什么困难，Z 先生解决不了的，我就仰仗她们三个帮我处理。

到底是多年的好闺密，每次见我有什么难处，她们仨在第一时间尽自己最大的努力帮助我，能出钱的出钱，能出力的出力，能想办法的想办法，替我出谋划策，为我整理思路，给我开导心结。就像姐姐对待妹妹一样体贴入微，因为她们仨性格不同，看待事物的眼光也不同，所以对于同一件事，总能给予我不同的意见和见解，让我颇为受益。

都说朋友是左膀右臂，我很幸运地拥有三个。

其实最让我庆幸的是，不管是在父母、爱人，还是朋友身边，我永远是被照顾的那个，这让我常常感叹自己是有何德何能。

Z 先生的朋友倒也不少，只不过能帮上忙的却没几个，他学摄影那年，曾跟他们班的另外十二个男同学拜过把子，彼此称兄道弟，喝酒玩耍，有福同享，有难同当，日子过得好不痛快。

后来 Z 先生回忆自己青春洋溢的那些年，都忍俊不禁，那时应该是他人生中最轻松的一段时光。

Z 先生是个很讲义气，很重感情的人，这么多年他对他的每个朋友都很尽职尽责，朋友有困难找到他，他肯定二话不说冲上去帮忙，只要能帮的就绝对不推辞，别人都是重色轻友，他却经常因为他的朋友而忽略我，我俩恋爱那会儿我还经常因为这件事和他吵架生气。

后来他们从学校毕业，踏入社会工作，这些哥们儿也各奔东西，朋友之间少了联系，感情自然也就淡了，Z 先生有时想起这个还会唏嘘不已，感叹世间人情淡薄。那些把兄弟现在有一大半不再联系，个别还在联系的人，也是 Z 先生关系最好的朋友了，这些年 Z 先生也就和他们感情深厚一些。

其实这点我比他幸运，我和我的三个闺密曾经也有很长一段时间不联系，但是丝毫没有影响我们之间的感情，只要一通电话，就能立马把彼此拉回最初的那个距离。

人本身就是一种感情丰富的物种，被亲情、友情、爱情，甚至别的感情围绕着，内心世界丰富多彩，每种情感给人带来的影响都不一样。

我总觉得“我和你朋友比哪个更重要？”这种问题很没意义，朋友和恋人都是生命中最重要的角色，虽然在心目中的比例可能不太一样，但是二者缺一不可。

朋友和恋人的区别在于，你的毛病缺点爱人可以无条件接受，但朋友却不能次次惯着你。

有些想法恋人他或许不能理解，但朋友肯定特别懂你。

你是一个什么样的人，就会遇到什么样的人，交朋友也是一个道理，只有三观一致，兴趣相投才能成为无话不谈的好友，她相当于你的一面镜子，你可以在她身上看到自己。

我很庆幸自己在得到一个完美爱人的同时，还能有三个知己好友相伴，有这些人的支持和陪伴我什么都不怕。

哪怕前方的路再黑，他们也会带给我光明，哪怕人生的道路蜿蜒崎岖，他们也会在前方帮我铺平。

其实我们每个人都有一个属于自己的小世界，这个世界不被外人所知，它或许温暖、或许悲凉、或许喧嚣、或许寂静，它可能承载很多事物，但我只想说，我的世界很小，小到它只装得下亲人、爱人和闺密。

正因为有了他们，我对生活才充满了希望，人生有此，我万分知足。

【第四章】

「Chapter Four」

–01–

最近我弟放暑假来北京，在我家住了几天，我真是无时无刻不在劝自己：

忍着！忍着！他是你亲弟！

要不然我真怕控制不住体内的洪荒之力一天揍他八顿！

真是印证了那句话——有妹妹的哥哥是暖男，有弟弟的姐姐是泼妇！

–02–

我弟在卧室床上躺着玩手机，我准备出门，于是——

我：“我要换衣服，你赶紧出去，顺便把门关上。”

我弟看都没看我一眼，起身往外走，关门的时候轻蔑地说了句：

“就你这一身肥肉膘，让我看我都不看！”

–03–

我:“你们班有你喜欢的女生吗?”

弟:“没有!我们班女生都丑得要命!”

我:“有多丑?”

弟:“比你还丑!”

–04–

自从我弟来了以后,本来就喜欢损我的 Z 先生,现在多了个伴,天天跟我弟一人一句地合伙“欺负”我。

Z 先生故意逗我弟:“你看你姐多贤惠,以后你找对象也要找你姐这样的。”

我弟十分傲娇地回答:“我宁愿单身一辈子,也不找她这样的!”

我:“你想得倒美!就你这样的,谁都不要你!”

弟:“你以为你能好哪儿去?谁看上你谁眼瞎!”

我(得意):

“嘿!别管怎么着,我现在还是结婚生子了!没办法!谁让你姐夫看上我了呢?!”

Z 先生一旁补刀:“我眼瞎……”

-05-

做饭时不小心把菜炒咸了，我弟吃了一口皱着眉头抱怨："这菜也太咸了！"

我："你姐夫口味重，爱吃咸的。"

Z 先生听到我这么说立马接茬：

"幸亏你姐今天没有把菜炒淡了，不然她又该说淡点吃着健康。"

-06-

我弟因为老是玩手机看电视不写作业，我爸气得连骂带揍把他治了一顿，他委屈地哭了好长时间。

中午我爸哄小满睡觉（小满好长时间没见到姥爷，谁都不要，只要她姥爷），我躺在地上玩手机。

我弟看见了，想起上午他的遭遇，心里非常不平衡，故意大声说："还玩手机！"

我爸没吱声……

我弟看我爸没反应又大声说一遍："还玩手机！"

我爸还是没理他……

我弟不甘心，大声说："还玩！就知道玩手机！"

我爸终于开口，轻描淡写说了句："××（我弟的名字）你记住！

别人玩手机时，你看见了也不能玩！你要有自制力！”

我弟不服气顶了句:“我不想和你说话！”

我爸立马炸了:“你再跟我说一遍！看我不打死你！”

我弟:“……”

我在一边快笑疯!

-07-

我弟比我小八岁，今年刚十四（正好和小满一个属相）。

虽然我和我弟的年龄差不少，但我俩却没有因此疏远对方，虽时有争吵，却玩闹不断。

不过这么多年，我从来都不舍得狠打我弟一下。

不管我弟怎么招我惹我，就算我被他气得直哭直跺脚，我也顶多挥手吓唬吓唬他。让我狠揍他一顿，我是真舍不得。

姐弟情深这句话确实不假。

别看我们平时相互攻击得异常激烈，但在彼此的心中都有不可比拟的重要地位。

小时候我弟不管干什么我都惯着他、护着他，他受一丁点欺负我都要帮他出气。

他犯错，我妈要揍他，我舍不得让他挨揍，就挡在他身前替他受着，任凭我妈死拉硬拽，任凭竹条一下一下抽在我身上，我都不走开。

我弟年龄小，不懂事，但也知道想着我。

他从上幼儿园开始，每天中午学校发的牛奶他都不喝，等到中午放学回家带给我喝。

后来我上了寄宿学校，两个星期才回一次家，只要一回家我弟就会立马把他珍藏的好吃的拿出来给我。

后来我妈告诉我，她每次给我弟买好吃的，我弟都会单独留出来一些，并且告诉我妈："这些我要留着，等我姐回来给我姐吃。"

我和我弟真正在一起相处的时间其实很少，我上学的时候他还小，跟着我妈北京老家来回跑，后来他在老家踏实上学，还没上几年，我就辍学来到北京，一年才回一次家，我们也就短暂相处那么几天。

我弟小的时候，每次我回家，他都和我特别亲，现在长大了，感情丰富、脸皮薄了，难免有些生分，但不管怎么着，那份感情还是存在的。

Z 先生是独生子，所以小满没有亲姑姑、亲叔叔之类的亲人，好在我还有个弟，小满也就只有这么唯一的一个亲舅舅。

小满这个舅舅年龄虽然不大，但是特别疼她。

在老家见不到的时候，他三天两头发视频看小满，放暑假来北京，每天都主动帮我带孩子哄着小满玩。

我弟这人心肠软，他见不得小满受委屈，每次小满犯错，我训她打她，我弟就会立马跑过来护着，严重的时候还会因此和我争吵，这让我想起小时候同样的场景。

其实我弟缺点特别多，加上现在青春期比较叛逆，他的很多毛病我都看不顺眼，作为姐姐，为他好，也没少骂他。

我弟虽然把我当姐姐，但是心里特别不服我，其实这也不能怪他，是我这个做姐姐的确实没有给他做一个好的榜样。

这也导致我管我弟的时候，他从来不听，因此我俩经常吵架，每次吵架都气得吹胡子瞪眼，但是没过一会儿就自然和好，没办法，谁让我们是亲姐俩。

说实话，小的时候我和我弟打架闹矛盾，我也不止一次地怪我爸妈为什么非要给我生个弟弟，要不然就没有人和我争和我抢了。

但是年龄越大，我越觉得有个弟弟真好，这种好是发自内心，难以描述的。

尽管我天天看我弟这不顺眼那不顺眼，尽管我弟嘴贱爱损我，但我还是感谢我爸妈给我生了个弟弟。

至少这辈子除了父母，还有一个和我有血缘关系的至亲值得我留心挂念，值得我用尽全力为他好。

-08-

我很少跟别人提及我家里的事，更少跟别人提起我的父母，因为我是在一个并不幸福的家庭中长大的。

虽然不是单亲家庭，但也和单亲家庭没什么两样。

我爸妈感情特别不好，从我记事起他们就总是吵架，两人只要见面就没有消停的时候，不是吵就是打，家里每天都乌烟瘴气的。

小时候我最渴望的事情就是他们两个可以心平气和地坐下来聊聊

天、说说话，但渴望终归是渴望，那些对别人来说再寻常不过的事情，在我看来都是极大的恩赐。

直到现在，我已经结婚组建了自己的家庭，我爸我妈的感情还是没有任何缓解。

就这么吵了二十多年，也一直拖着没离婚，原因是为了我和我弟好，怕我俩会因为他们离婚受到影响。

这个理由听起来真的讽刺。

殊不知一个良好的单亲家庭远远胜过一个天天吵架的完整家庭。

我妈和我爸之所以不和，是因为两人的性格脾气太相似，看待事物的三观又不一致，他们俩脾气都很大，点火就着，还特别固执。

任何人的话都听不进去，在自己的世界里我行我素。

我妈觉得我爸没本事不会赚钱，我爸觉得我妈不贤惠不会过日子。

总之互相看对方不顺眼，偏偏又被捆在一起生活。

我妈脾气比我爸还要暴躁，甚至有些任性，好像不管她到多大的岁数，永远有着十多岁小女孩的心理，希望一直被人宠着惯着，偏偏又没那么好的命。

我妈性格大大咧咧，做事粗心大意、雷厉风行，这点我和她很像。

听我妈说，我两三岁的时候，她骑自行车带我上街，自行车的后座上绑着一个小椅子，我就坐在椅子上，骑着骑着她听到后面有人喊她，回头一看发现有个人抱着我，一边追她一边喊：

“前面的！你孩子掉了！你孩子掉了！”

然而整个过程我妈没有发现，后来她每次跟我讲这件事都哈哈大笑，我则在一旁默默擦了把冷汗。

我总觉得我妈偏心，重男轻女，可她却不这么认为，她说对待我和我弟是一样的，可其中的待遇偏差我不是感觉不出来。

印象最深的一件事，有次星期六，我妈一大早带我弟上街买菜，得知我想去小姨家玩，便交代我把作业和家务做完才可以去。

我很听话地在家里完成了她布置的所有任务，开开心心地去小姨家。

在小姨家玩到午饭时间，我妈突然打电话叫我回去，我也没多想，乖乖地跑回家。

回到家才发现我弟的左胳膊不知道什么时候烫伤了，半个胳膊的皮都被烫掉了，样子惨不忍睹，我弟那时还不到一岁，被烫伤的他一直在号啕大哭。

我进屋之后看到这个情景立马吓坏了，还没来得及问怎么回事，我妈就特别凶狠地命令我跪在地上，还让我把上衣全部脱掉，我被吓得不知所措，只能一边哭一边脱衣服，我妈一手抱着我弟，一手拿着苍蝇拍使劲地抽打我的后背，边抽边骂："让你放假不在家看着你弟！让你出去玩！"

我就跪在地上任凭我妈打骂，不敢躲，不敢逃，因为我怕我一旦躲避逃跑，我妈会用别的更狠的方法对付我。

那时我才八岁，挨打的时候除了害怕什么都不懂，看我妈那么生气，我真就把责任划分给了自己，后来我才知道是我妈自己在家带我弟，没有看住他，让他不小心把桌子边上的热水瓶碰倒了，才把胳膊烫伤的。

而那个时候我在小姨家玩，对此事毫不知情，我妈又生气又心疼，无处发泄的时候想到了我，于是把我叫回家将我毒打一顿，我就这么无辜地成了她的泄愤工具。

这件事对我来说多么不公平，事隔多年，我写下这些文字的时候依然全身都在发抖，像刚刚经历过一样，苍蝇拍抽在身上的感觉真的很疼。

一下一下，是那种皮开肉绽的疼。

我的后背被抽破了许多条伤口，很长一段时间不能平躺着睡觉。

我还记得我妈打完我之后，可能也有点后悔，让我趴在床上给我后背上药，她以为上完药伤口好了我就会忘了，实际上心里的伤是永远无法抹平的。

以前年龄小没觉得怎么样，后来慢慢长大，越想越觉得自己委屈。

可是每次当我再提这件事时，她都直接否认，再多说一句她就发脾气要骂我，说我撒谎，胡说八道。

我不知道她是真的忘了，还是假装的。

总之不管我说得多么轻描淡写，她都不承认这件事。

去年过年的时候，家里来了客人，不知道怎么又扯到这件事情上，我开玩笑似的讲了出来，我爸听完就急了：

“我现在才知道，如果当时我在家，你要是敢这样，我都得跟你没完！”

我妈听完也火了：“那你能怎么着？打死我？”

接着她又把矛头指向我："你记着吧！记一辈子！大不了等我老了，你也这么对我呗！"

我对我妈的反应感到寒心，我从来没想跟她讨个说法，因为她是我妈，她打我骂我，我都无话可说，我只是想问问后来的后来再想起这件事时，她有没有后悔过。

她不知道，就算我再恨，又怎么可能用同样的方法对待她？

她能那么对我，因为我是她女儿；我不能那么对她，因为她是我妈。

我妈重男轻女的思想不止体现在这一件事情上，因为家里穷我妈基本没怎么上过学，所以文化程度不高，我老家那边普遍又都重男轻女，她也是在这样的环境中长大，老一辈的思想给她带来不少影响，很多想法早已根深蒂固。

她总跟我说："我这辈子都没把你当回事，反正我有你弟，你也指望不上。"

其实我知道我妈说这话是在开玩笑，因为她对我姥姥一直很孝顺，但我觉得这种话很伤人，并不适合开玩笑。

可每次我生气地跟她争执这些，她又会怪我假正经。

可能很多人会以为我妈根本不爱我，实际上并不是这样，她也爱我，只不过不像别的母亲那么温柔理智，她给予我的更多的是溺爱。

从小到大她都特别惯着我，只要是经济范围内的，我想要什么有什么。

小的时候同龄人还在喝凉水，我妈就整箱整箱往家买各种牛奶给我喝。

小学一年级，我是我们班唯一一个学跳舞的人，学了没几天，我嫌练基本功太累，不愿意去，我妈怕我受苦，也没有强迫我。

四年级的时候，有老师建议我学古筝，以前没接触过，觉得古筝特别有意思，回家缠着我妈让她给我报班。

那时家里条件不好，古筝课的费用比较高，我家拿不出，但是看我兴趣那么浓烈，我妈想办法借钱也送我去学，可没过多久，我觉得古筝枯燥无趣，死活不愿学了，我妈也不生气，直接顺着我的想法，哪怕学费交了也没有逼着我非学不可。

我成绩不好，家里的亲戚有的看不起我。

有次吃饭，一个亲戚喝多了，不小心对我妈说了句：

“就你女儿这样的能有什么出息！”

我妈气得当场差点儿掀桌子，哭着跟那个亲戚大吵了一架。

我现在还记得我妈边哭边说：“我女儿就算再差劲也用不着别人来说！”

我开始工作后，遇到一丁点不顺心的事情就作闹耍脾气，跟我妈通电话的时候，聊着聊着我就委屈大哭起来，我妈听见我哭立马急了：

“别哭别哭！破工作有啥大不了的！别干了！辞职回家！我和你爸养着你！”

后来我未婚先孕，非要结婚生下孩子，我妈虽然一开始不同意，可到底还是顺了我的心意，结婚之前我妈总说：“总算把你嫁出去了！”婚礼那天她哭得特别伤心。

我妈特别不喜欢小孩子，她是个很没有耐心的人，想到照顾小孩她就头疼。

可小满出生后，我在北京，她在老家，有点什么事我叫我妈过来帮我看几天，她来得比谁都快。包括小满断母乳的那段时间，也都是我妈在照料。

……

很多事情都能表明我妈很爱我，只不过她爱的方式不对。

她以为孩子要什么给什么，不让孩子受委屈就是最好的母爱，实际上这只是溺爱的一种表现，正因为这样，我才被惯得一身臭脾气，至今都受不了委屈，吃不了苦。

所以我一直都很庆幸，这样的我，Z 先生也能够毫无怨言接纳与包容。

我妈和我爸一样，他们是个深刻的矛盾体，爱的同时也避免不了伤害。

其实我和我妈的关系要好过我和我爸，可能因为性别相同，很多时候更有共同语言。

如果说我对我妈的感情是敬爱与哀怨，那么我对我爸的感情就是敬爱与愧疚。

或许因为我爸对我更加上心，也或许是因为我曾经伤害我爸比较深，导致我对他的感情掺杂着些许愧疚。

我爸和我妈不同，他倒是不偏心，但是他特别极端。

我爸身上最大的毛病就是“负能量”太重，和他在一起生活，哪怕是一个没心没肺正能量爆棚的人，也会受他影响，变得对生活毫无激情，抑郁自哀。

好像他每天都活在抱怨苦闷之中，可他所有的烦恼，在外人看来都是些无关紧要的小事。

他总抱怨没人理解他，可当我试着体谅他的时候，他又反过来骂我什么都不懂。

我捧着一颗热情的心想温暖他，他却骂骂咧咧地把我拒之千里。

这些年，我爸对我始终没变的一点就是看我哪儿哪儿都不顺眼。

他虽然爱我，但也气我，有些恨铁不成钢的感觉。

我爸喜欢挑我刺，觉得我全身上下没有一点让他满意的地方，不管我有什么样的想法，做什么样的决定，他都是一如既往地讽刺与打击，我成功，他会觉得我是侥幸，根本不值一提。

我失败，他会觉得我无能没用，一无是处。

好像在他眼里，哪怕我有再大的收获，都是一个很失败的人。

从上学到工作再到成家，这些年我做的一切他都不满意。

我告诉他我现在过得很好，他嘲讽："你懂得什么叫过得好？"

他总是这样，喜欢拿自己的想法去定义别人的生活。

这些年我一直在努力调节和我爸之间的关系，每次和他聊天都是小心翼翼的，尽管如此，还是避免不了被他一顿抨击。

有好几次想带小满去看他，在他那儿住几天，后来想了想还是算了，因为我不敢去，每次去他那儿住几天，我就要挨几天骂，饭菜做晚了要被骂，刚吃完饭没来得及去洗碗要被骂，给他洗衣服没洗干净要被骂……一丁点小事没做好就要挨骂。

原本只是想缓和气氛陪陪他，却变成了千里迢迢过去找骂。

瞬间觉得之前做的所有努力全部前功尽弃，导致我现在很害怕和我爸一起生活，一是他负能量太重真的会影响我，二是他对我种种不满，总喜欢骂我。

每次想到这些我都特别头疼，如果我爸能改掉这些缺点，他真的是一个完美的好父亲。

其实我小的时候和我爸特别亲，亲到我爸我妈吵架，不管是谁的原因，我都是跟我爸一伙的，这一点让我妈至今想起来都特别生气。

小时候我身体不好，我爸三天两头带着我去外地看病，他很心细，每次单独带我外出都把我照顾得特别好。

后来我渐渐长大，我爸去北京做生意，一年就回来一次，因为他和我妈感情不好，很少打电话，我和我爸的联系也变得特别少。

其实我一直都是一个不让父母省心的孩子，我青春期那会儿特别叛逆，不学无术，每天跟一帮小痞子混在一起，想方设法追求自由，不想被约束，觉得自己牛烘烘的，谁都不放在眼里，把父母苦口婆心的教育全部当成耳边风。

我妈管不住我，被我气哭好几回，我爸也没心踏实赚钱，只想着怎么样才能好好引导我，别让我误入歧途。

死气沉沉的家里，突然被我搅和得鸡犬不宁。

那时候我和他们已经上升到不能讲话的地步，只要开口说话，必定大吵一架，本来从不抽烟的我爸，被我气得整宿整宿睡不着觉，坐在客厅一支接一支地抽着烟。

我爸为了缓和关系，软硬兼施，用尽了办法，但毫无效果。

他发现我不想和他说话，可他又有很多的话想对我说，于是开始给我写信，把想和我说的话一字一句地写在信纸上，写完叠好放在我的床头上，或者让我妈递给我。

可我那个时候太任性不懂事，对我爸的做法毫不领情，只是觉得他很烦，甚至还在背地里嘲笑他老土、矫情！

所以那些信我看都不看，直接扔掉。

我爸看我把信扔了也不生气，默默给我再写一封，我扔一封、他写一封，就这么来来回回给我写过很多封信，全被当时脑残无知的我给扔掉了……

后来我顺利度过青春期，褪去叛逆的外衣，变得稍微懂事一些，回想起这些我恨不得一巴掌抽死自己。

这也成了我这辈子最最最后悔的一件事，我至今都不知道那些信里究竟有什么内容，也不知道我爸对我寄予了怎样的肺腑之言，更体会不到我爸那时的良苦用心。

我常常在想，如果时光可以倒流，我一定要回到那个时候，把我爸写给我的每一封信，认认真真、一字不落地读一遍，然后将它们好好珍藏起来。

可如果只能是如果，时光不会倒流，信也不可能找回，纵然我再懊悔也于事无补。

我从没有告诉我爸这些年我有多后悔，我爸没有再提起给我写信的事情。

我不知道该如何开口，怕说起这件事我爸会伤心难过。

说实话，我对爸妈的感情非常复杂，我很爱很爱他们，是他们带我来到这个世界上，给我生命，把我培养成人，或许他们不是一个成功的父母，但在养育我的道路上，也尽了该尽的责任。

我虽然感激他们对我的疼爱与照顾，却也埋怨他们给我创造的压抑环境，以及对我的不信任和不理解。

我的很多想法从来不被他们得知，他们也从未重视过我的内心世界。

我明白很多事情他们也不想发生，如果可以重新开始，他们也想给我一个温暖的家。

现在的我已经长大，面对种种不愉快的事情都能欣然接受。

但是我的性格脾气早在小的时候就已经形成。

一个冷漠的家庭环境，所带来的影响是巨大的，我害怕背叛，缺乏安全感，以前从未恋爱过的我，也曾不止一次对婚姻失去信心。

直到我遇到Z先生，他用自己的付出改变了我，因为有了他我变得越来越好，看到他的家我才明白，有一个美满和睦的正能量家庭比什么都重要。

我不再奢望父母能改变什么，因为他们的很多想法早已根深蒂固，爸妈年岁已高，要改变伴随多年的观念总是很难，所以我必须学着谅解他们、包容他们，让他们活得轻松快乐才是我应有的责任。

与此同时，我也一直拿小时候的遭遇作为反面教材，时刻提醒自己爱和温暖才是一个家该有的样子，我不要犯同样的错误，也不想重复父母老路。

我要做一个开明理智值得子女信赖的人，让我的孩子在幸福温暖的家庭氛围中长大。

每个人都有不同的人生历程，都要接受各式各样的考验。

我很清楚自己来到这个世界上的意义和目的。

有很多事等着我去做，有很多经历必不可免。

这一生我只想按照自己的意愿而活，给予深爱的人温暖和美好，做好该做的事情，珍惜身边的每一个人。

面对世事，不争不抢，淡然生活。

【第五章】

「Chapter Five」

– 01–

我觉得年轻早生宝宝的优点在于：

和孩子之间几乎不存在代沟，兴趣爱好相同，甚至对待事物的眼光也都相同，彼此之间没有间隙隔阂。

我可以做一个开明理性的妈妈，还能成为一个了解她并懂她的好朋友。

陪她一起疯，一起闹，一起玩耍，一起吐槽，一起卖萌，一起臭美……

见证她在成长道路上的点点滴滴。

–02–

前两天我跟 Z 先生吵架，不小心让小满看见了，第二天我问她：

“你害怕爸爸妈妈吵架吗？”

小满眨巴着大眼睛，看着我稚嫩地说：

“我不要爸爸和你吵架，我要他哄着你。”

……当时内心一惊，差点儿泪奔！

没想到一个两岁半的孩子心思居然这么细腻！真的太感动了！

-03-

睡觉之前小满偷偷拿了一桶饼干到床上，本来想偷吃的，看到我进卧室，立马将画风一转，认真地跟我说：

“妈妈已经说过了，不能在床上吃东西，在床上吃东西——扎（拖腔）～～～”

看到她一本正经的小模样，我把到嘴边教训她的话硬生生给咽了回去……

（PS：“扎”指的是饼干屑掉在床上，睡觉的时候会很扎。）

-04-

小满每次发现好玩的东西时，喜欢叫我陪她一起玩，让我也能感受其中的乐趣。

刚才她自己爬到了书桌上，在桌子上玩了一会儿觉得很有意思，开心地跟我说：

“妈妈你也来试试吧！这个好好玩！”我笑着拒绝了她的邀请。

宝贝，不是妈妈不陪你，而是妈妈太重，怕书桌撑不住啊！

–05–

小满现在已经能说很长很长的一句话了，并且还能说得非常清楚，只不过她还不太懂得如何回答问题，有的问题可以轻松对答，但有的问题，每次问她，她的回答都是重复问题的最后几个字（她以为这就是答案）。

于是就会出现以下几种状况：

我："你叫什么名字啊？"

满："名字！"

我："你几岁了啊？"

满："几岁！"

我："这什么颜色啊？"

满："颜色！"

–06–

小满性格活泼，爱说话，爱聊天，自言自语也能说很长时间，口头禅是——小满小时候。

经常可以听到她说：

"小满小时候最喜欢喝酸奶了！"

“小满小时候最喜欢玩乐高了！”

“小满小时候睡觉最乖乖了！”

“小满小时候最棒棒了！”

……

类似一切跟“小时候”有关的事，在她的意识里，以为自己年龄很大了。

可是满宝，你现在也只有两岁半而已呀～

-07-

看着小满一天天地长大，每天都有不一样的变化，我越来越深刻意识到，家里有个帮忙跑腿打杂的小助手有多么重要且幸运。

每次外出回家，只要很随意地往沙发上一坐，对身边的小满说：“把妈妈拖鞋拿过来。”她就赶紧屁颠屁颠地跑过去给我拿拖鞋。

看电视懒得动弹但又很想吃水果的时候，只需温柔地指使小满：“宝宝，给妈妈拿个橘子过来。”她就立马站起身来给我拿橘子。

就连吃完橘子剥下来的橘子皮也不用自己亲自动手扔掉，而是耐心地告诉她：

“宝贝，帮妈妈把这些橘子皮扔垃圾桶里。”

她就会努力地用自己的小手把茶几上的橘子皮搓吧搓吧，团成一团，然后扔到垃圾桶里……

都说“穷人的孩子早当家”，但在我们家却是“懒人的孩子早懂事”。

心疼我满，有个懒癌晚期的妈，从小就要比别的孩子勤快。

好在Z先生超级勤快。

Z先生在家的时候有他伺候我，Z先生不在家有小满体贴我。

感谢Z先生把他勤快贴心的这一大优点，毫无保留地遗传给了小满，这才能让我有幸成为家里的真正小公主。

-08-

小满几个月大的时候，我每天都会重复地跟她讲：

“别人的东西咱不可以随便碰！”

事实证明，这种反复强调的教育方法非常有效！

每次带小满外出，不管在哪儿，看到别的小朋友玩玩具，哪怕小满再好奇、再想玩，也不会主动去摸一下别人的东西。

别人不借给她，她从来不哭不闹，安静地站在一旁看着人家玩。

别人愿意借给她，她会先征求我的同意，接着主动跟人说谢谢，然后才开始特别高兴地借玩别人的玩具。就算玩得正开心，别人要把玩具拿走，她也会立马乖乖地把玩具还给人家，绝对不会因为没玩尽兴，霸占着别人的东西不还。

而且小满的记性很好，她知道哪个玩具是哪个小朋友的，在离开某个地方之前，会主动跑过去把玩具还给人家之后才跟我走。

每次外出的时候，我也同样会给小满带上几个自己的玩具，和别的小朋友一起玩时，她也会把自己的玩具拿出来借给大家一起玩。

小满从不会主动碰别人的东西，但会大方地把自己的东西拿出来跟别的小朋友分享。

可能很多人又要说，小满只是年龄小，懂得少，再大点就要变得抠门、不讲理了。

其他方面的问题我可能不太清楚，也无法给一个多么准确的说明。

但是关于“孩子是否喜欢拿别人东西”的这个特性，绝对跟孩子小时候，父母是否在这方面着重教育有很大关系。

“年龄小的孩子懂得少，不会存在坏脾性”的说法肯定是错误的！

我见过太多比小满小的孩子，不分青红皂白就来抢我们的玩具，抢不走就哭闹撒泼，父母在一旁看着都不制止。

虽然小满不懂，从来不在意，但是作为父母看到这种行为真的很反感！

我一直都坚信，每个孩子，在他很小的时候，脑子还是大片空白的时候，你给他灌输什么思想、什么教育，就会使他形成什么样的品德与修养。

就像孩子很小的时候，你就告诉他不能随便拿别人的东西。

这个想法习惯一旦形成，不管他几岁，不管带他去哪儿，你都不用担心他会犯这方面的错误。

相反如果你从来没有正视过这一点，孩子第一次拿别人东西，可能是因为不懂事，如果你没有制止他、教育他，反而任由其发展，那么孩子的内心肯定会形成一种“只要我喜欢的东西，不管是谁的，我都可以拿”的想法，这样教育出来的孩子，脾性只会越来越差。

每个孩子刚出生时都是一张白纸，想要培养一个乖巧懂事的孩子，关键在于做父母的要如何正确引导！

-09-

小满在客厅看动画片，我在卧室戴着耳机唱歌，正沉浸在自己的歌声中无法自拔时，小满走进卧室看着我认真地说：

“妈妈别唱了！”

我很尴尬：“乖～快看小猪佩奇去！”

小满看了看我，很听话地转身回到客厅……

我戴上耳机接着唱，才唱了一句，小满再次跑进卧室，急了：

“别唱了！妈妈你别唱了！”

我很无奈，只好拔掉耳机，假装很失落的样子，对小满说：

“行行行，妈妈不唱了！那你过来亲一下妈妈好不好？”

小满：“嗯～不要亲亲！妈妈脸上有油！”

（妈妈脸上有油……脸上有油……有油……油）小满什么时候懂得这些的？

心好累，好难过，我居然被小满嫌弃了！

-10-

满宝真是太贴心了！

我要拿高处的一个东西，但是够不着，只好站在椅子上够。小满本来在一边聚精会神地玩玩具，看到之后，赶紧丢掉玩具跑过来，两只小手扶着椅子，仰起头担心地说："妈妈慢点！别摔了！摔下来很疼的！"

……

我肚子疼躺在床上，小满看见了，默默走到客厅，把她最喜欢吃的零食拿了过来放在我身边，看我一直在玩手机，倔倔地说：

"玩手机玩手机！天天就知道玩手机！"

我被她的小模样逗得哈哈大笑，小满看我笑，她也跟着笑，然后用手轻轻地给我揉肚子，还一边往我嘴里塞零食，一边说：

"好了，吃完肚肚就不疼了。"

……

Z先生前两天不小心把膝盖给摔破了，晚上睡觉的时候小满看见了，一骨碌从被窝里爬出来，站在凳子上把我平时给她用的万能膏拿出来，放在她爸的腿边，弯着腰撅着小屁股给她爸的膝盖抹药，抹完还知道贴上创可贴。

我故意逗小满，假装要碰Z先生的伤口，小满赶紧用手挡：

"不能碰！爸爸很疼的！"

……

我感觉小满肯定是继承了Z先生心细的优点！这让我很欣慰！

都说女儿是爸妈的糖罐子，小满年龄不大能有此表现，我和Z先生真的感动坏了！

-11-

我和Z先生对于小满的教育方式有时也会产生分歧，不过我俩有个共同点，那就是一定要做个言而有信的父母。

小满最近看上一款过家家的玩具，想让我买给她，我把她的想法转告给Z先生，Z先生告诉她：

“家里的玩具已经很多了，如果你想要这个，就要等爸爸开工资再买。”

小满似懂非懂地点点头，那几天果真没有再找我要，看到玩具的照片，也会很懂事地跟我说：“爸爸开工资再买。”不催促不着急，乖乖等着。

看到小满表现不错，没等Z先生开工资我就把玩具买了回来，小满特高兴，玩起来爱不释手。

小满这一点做得很好，每次她想要什么，从来不会心急得恨不得马上得到，得不到就使劲作、使劲闹，而是安静地耐心等待，因为她知道，我们既然答应了她，就一定会做到。

买玩具之前Z先生还跟我说：

“我小的时候就想要个遥控飞机，那时家庭条件不好，遥控飞机在那个年代算是比较贵重的东西，所以我妈总是推，今天推明天，明天推后天，一推推了好几年，推到我再也不想要了，到底也没买给我。”

听 Z 先生这么说，我仿佛看到小时候的自己，赶紧接茬道：

“对对对！我小时候也是！我小时候就想要一套芭比娃娃，我妈嘴上答应给我买，但从来没有买给我，也是一直推，现在我长大了，能够买得起各种芭比娃娃，可我再也不感兴趣了。”

这些事听起来多么无奈啊！

正因为有了小时候的遭遇，我和 Z 先生深知被许诺的事没有实现会有多么失望，所以小满长这么大，我俩对于她的请求从来没有食言过。

答应在什么时间以内给她买什么玩具，就一定在预计时间内买回来；

答应她带她出去吃好吃的，就一定带她去吃；

答应带她去哪儿玩，那就一定带她去哪儿玩；

……

所有答应过她的事情，都势必做到。

但前提是，她的请求必须是合理且我们能够办得到的。

我和 Z 先生会根据情况来应对她的请求，对于一些无理或者我们办不到的请求，会从她提出的那一刻就果断拒绝，并跟她说明情况。

因为不给她希望，比答应她却办不到来得要好！

什么事情可以做，什么事情不能做，什么东西在我们的经济范围内，什么东西超出了我们的经济范围，这些我们都会跟她讲清楚。

毕竟我们只是一个普通家庭，经济条件有限，我们会尽力给孩子能力范围内最好的，却不能一味纵容。

虽然不会轻易答应她的要求，但是一旦答应就必定办到。

很多大人觉得小孩子年龄小什么都不懂，对于他们的请求随口应付了事，心想大不了最后哭一场，哭过就忘了……

其实不然，小孩子的心思比大人细腻，想法也全面，记忆力也更强，不然为什么说要从小培养孩子的性格习惯呢？

同理，想要培养一个言而有信的孩子，首先自己要做一个言而有信的父母。

父母都不能树立一个良好榜样，怎能教出比自己优秀的孩子？

每个孩子最开始对父母都有着满分的信任，但是很多父母非但不珍惜，还辜负了这些单纯的信任，一次次哄骗，给予他们一次次的失望，这才导致很多孩子越来越敌对大人，才有了那句“你们大人就只会骗人”的话。

小孩子的内心世界是一点一点丰富起来的，在他没有对一些事情产生负面想法之前，请保护好他们心里最美好的一面。

-12-

小满现在特别喜欢假装小婴儿，偎在我怀里撒娇。

我逗她：

笑一个！她嘿嘿一乐；哭一个！她瘪着嘴装哭；撒娇一个！她把小脑袋往我胸前蹭；生气一个！她皱着眉毛尖，叫生气。

想了想我接着说：

“疼一个！”（意思是让她假装疼痛的样子）她或许理解有误，琢磨几秒钟，很痛快地打了自己一巴掌。

可能下手有点重，不小心把自己打疼了，于是幽怨地看着我，我被她的举动逗得哈哈大笑。

下午我又用同样的方法逗她，笑一个！哭一个！……

前面几个她全部照例又演示一遍，最后，我说到“疼一个”的时候，本以为她还会傻乎乎地打自己，没承想，她二话不说反手打了我一巴掌……巴掌……掌……

-13-

等小满长大一些，我会尽力让她多学点东西，希望她能成为一个多才多艺的好女孩，可以活泼淘气，但决不允许虚荣自私。

不用非要做个品学兼优的好学生，也不用长大必须成为一个有番作为的女强人。

只要不胆怯一直努力就好，希望她可以为人正直，善良温暖，心存爱与感恩，有很多知心朋友与一个爱她疼她的恋人，这就足够了。

【第六章】

「Chapter Six」

-01-

我们属于早婚早育还没钱的婚姻，但过得比较幸福，我把这来之不易的幸福归功于自己运气好。

很幸运在对的时间遇上对的人，也很幸运能够和他携手过一生。

或许很多未婚的女孩，看我如今收获甜蜜的婚姻生活，觉得羡慕，甚至会有想要学习的冲动。

说实话，我很害怕因为自己的经历会给别人造成误导，所以每次有类似经历的女孩向我咨询感情问题的时候，我都是把坏处先说出来。

虽然我如今过得美满安逸，但我的感情经历并不是一个好的范例。

我做错过很多事，这些事也只是后知后觉才发现的，那些错误不值得别人去模仿学习。

我说出来，只是想以自己为例，提醒未婚的人们，有的事能做，有的事不能做，不能盲目跟从，婚姻是件严肃的大事，不能将就，更不能随俗沉浮。

如今的社会对“婚姻”一词有太多误解，有人认为婚姻是坟墓，是死水潭，结婚就等于自找死路。

但是在我看来，婚姻所带来的幸福感远远大于它的缺陷弊端。

之所以有人觉得婚姻不美好，是因为他们遇到的都不是对的人。

希望每个人结婚都是因为爱情，遇到的都是值得你付出一生去照顾的人。我们怀揣一颗炽热的真心对待彼此，纵然沧海桑田，世事变迁，也要把最初那份纯真的爱延续下去。

不忘初心，方得始终。

-02-

家里来了亲戚，婆婆在厨房忙着做饭，我带着小满在隔壁屋玩，亲戚走过来跟婆婆开玩笑：

“你说你这辈子那么辛苦赚钱干啥？就这么一个儿子，连个女儿都没有。”

婆婆一边切菜一边认真地回答：

“我有我儿媳妇就够了！”

-03-

朋友来家里吃饭，我买菜时看到有卖花生米就顺便买了一包。

做饭的时候 Z 先生到厨房溜达，看到摆好盘的花生米，瞬间两眼放光激动地说：

“呀～虞姬！你这盘花生米真是深得本王之心啊！”

“那我是虞姬，你是谁？”

Z 从我的后背伸出胳膊揽住我的腰嬉笑着：

“我是霸王啊！”

“哟！我看你是王霸（八）还差不多。”

-04-

每次 Z 先生满眼宠溺地看着小满，耐心陪她玩耍的时候，我就会在一旁幸灾乐祸：“趁小满年龄小，你们父女俩多腻歪腻歪，不然等小满长大找男朋友了……哼哼！也让你尝一尝我爸当年的滋味！”

Z 先生不以为然：

“行了吧！你爸啊巴不得你赶紧嫁出去才好，这辈子也就只有我把你当成块宝。”

-05-

我一直以为 Z 先生是他们家亲戚中的颜值担当，这点我颇为得意，总觉得自己捡了个大便宜，相貌平平的我却把他们家族最帅的那一个拐跑了。

直到前两天我无意间看见他堂哥的照片，发现他堂哥长得也很帅，虽然和 Z 先生是两个类型的长相，一个秀气，一个硬朗，但光看颜值，他哥俩不分上下。

我不禁随口嘟囔一句：

“我一直以为你是你们家最帅的那个，没想到你堂哥长得也挺帅的啊！”

Z 先生一听立马不乐意了，酸酸地说：

“你觉得他帅，你找他去吧！”

……

每次遇到这种情况我都觉得哭笑不得。

Z 先生超级爱吃醋，甚至不允许我说别的男人的好话，吃醋的表现特别明显，还偏偏不肯承认。

对于 Z 先生的反应我倒是一点都不担心。

吃醋说明他在乎我，要不然为什么那么在意我对别人的看法？

他只希望我的关注点聚集在他一个人身上，对于旁人，我就算只是用余光瞥一眼他都接受不了。

这种霸道、小气、极端、占有欲，在我看来幼稚又可爱。

爱你的人才会在你面前表现他不为人知的一面。

也正是因为爱你，才会看所有人都像情敌。

–06–

和 Z 先生因为一件小事争吵起来，彼此都很倔强地认为是对方的错，所以非常生气，冷战 20 分钟后，Z 先生开始主动低头认错：“对不起，我错了，别生气了……”

见我不买账便对我一个劲地撒娇卖萌，想把我逗笑。

我强忍着不让自己笑出来，黑着脸不说话也不看他，他见这样哄都没用，于是贱兮兮地说：

“好了好了，别生气了，我带你去吃麻小。”

我心里暗暗得意，但还是装着很生气不吱声，看我没反应他又说：

“带你吃麻小，外加鸡翅烧烤！”

我没忍住，扑哧一下笑出声，但是立刻黑下脸生气地说：

“不吃！你说什么我都不吃！我不可能不生气。”

他看我说话了，赶紧接着说：

“带你吃麻小，外加鸡翅烧烤，外加田螺！你想吃啥我带你去吃，这样行了吧，别生气了，快换衣服咱俩现在出门！”

是的，你没猜错，对于我这种资深吃货，怎么能够抵御这种美食诱惑？

对，我就这么没出息！不说了，我要换衣服出门吃好吃的了……

-07-

我很喜欢 Capozio 的曲子，听起来总是能够让人身临其境，浮想联翩，内心与之产生共鸣。

我和 Z 先生结婚的时候，我选用了几首他的曲子作为婚礼的背景音乐，每首都特别成功。

写稿的时候，Z 先生坐在我旁边工作，电脑随机播放着歌曲，FM 跳转到 Capozio 的《Inspire》，我停下敲击键盘的手，侧脸转向 Z 先生故意问道："你听！有没有什么感觉？"

他看了我一眼，笑着说："我知道，这是咱俩结婚时的曲子。"

内心有点震惊，这个曲子他只听过一遍，没想到他居然能够清楚地说出第一次是什么时候听到的。

Z 先生喜欢用老夫老妻来形容我们俩的关系，每次我让他说一些恋爱时的甜蜜趣事，他都红着脸躲避。

不说不代表忘记，他一直记得我们这些年发生的点点滴滴，记得每一件事情，记得每一个细节。

记得在什么时间陪我吃过哪些东西，在何种场合听过哪首歌曲，好像跟我有关的一切他都铭记于心。

对他来说，回忆是永存心中的，说出来反而显得肉麻矫情。

我们总会遇到一个深爱的人，和他有着难忘的经历。

如果人的一生做的所有事情最终都只是成为死亡前的回忆，那么我希望他的回忆里全是我，而我的全部回忆也都是他。

-08-

家里来亲戚做客，我一人张罗了一桌子菜。

席间亲戚对我的手艺赞不绝口，不停跟婆婆夸奖：

"娶了个这么会做饭的儿媳妇，你这辈子真是有口福。"

婆婆笑得开心，一脸自豪地回答：

“是我家的 Z 这辈子有口福了！”

-09-

Z 先生在朋友圈里发了几张小满照片，过了会儿兴高采烈地对我说：“大家都说小满长大肯定是个小美女！”

我一脸得意：

“那是当然！小满随我，这还用说？”

“哟哟哟！随你就是小美女啊？”

“不是吗？”

“当然不是！随你明明是个大美女！”

城市套路深，我要回农村。

-10-

晚饭时，Z 先生吃完一碗粥，我看着他随意问了句：

“吃饱没？我再给你盛一碗吧？！”

Z 先生愣了一下半天没反应过来，过了几秒钟不可思议地反问：

“你说什么？你要主动给我盛饭？我没听错吧？！你怎么那么不对劲？”

我今天不过是学着温柔一点，勤快一点，Z 先生你的反应也太强烈了吧！

突然想起我俩在一起这么多年，不管在哪儿，吃饭的时候，都是Z先生给我把饭盛好，筷子勺子准备好，亲自放到我面前，我就负责吃吃吃，吃完随手把碗一递，他就屁颠屁颠地赶紧给我盛饭！

而我却没有给Z先生盛过几次饭，这让我突然觉得好惭愧！

Z先生好像倒也不在意这些。

或许对于有的人来说，付出比收获更有成就感吧！

Z先生属于默默付出的那个，而我是不用做多少努力，就可以收获满满的那个。

虽然我总是厚着脸皮找各种理由安慰自己，以掩饰我对Z先生的歉疚。

但实际上"完美的互补"也是感情中不可缺少的重要条件之一。

就好比两个不完整的半圆，恰恰拼凑在一起，变成一个完美无缺的圆形，用自己50分的优点去弥补对方50分的缺陷，找准自己的定位之后，把各自的角色扮演得淋漓尽致，才能相互配合得恰到好处。

-11-

Z先生有个关系不错的哥们儿，整体来说人也算不错，只不过他心眼儿太多，好胜心强，特别见不得别人好，总喜欢什么事情都跟Z先生比着来，为了超越Z先生，他没少在Z先生的人生道路上使绊，因此我对这个哥们儿印象很不好。

他虽有能力，但可能运气不佳，很多时候不管怎么努力，总是比Z先生差那么一点。

看他拼命追赶却一点收获都没有，我有点幸灾乐祸，跟Z先生开玩笑：

“他喜欢跟你比，偏偏不如你！不过他娶了个很有能力的媳妇，在找媳妇这件事情上你确实不如他，因为我自己都觉得他媳妇确实很厉害，我比她差远了，也幸亏是这样，要不然他得嫉妒死。”

Z先生对此倒是毫不在意，轻描淡写地回答：

“瞎说！我媳妇可是出过书的作家！她哪能比得了？”

-12-

我在厨房做饭，Z先生过来捣乱，本来做饭就手忙脚乱的，他一来我烦得不行，一个劲撵他走。

Z先生装作没听见，突然从我的后背伸出胳膊一把抱住正在洗菜的我：

“叫朕皇上，叫皇上我就出去。”

我哭笑不得，没好气地喊了句皇上，Z先生得意地笑，不但没走，反而耍赖：

“不行！亲亲我，亲我一下我就走！”

-13-

Z 先生刚才一脸坏笑地跟我说，他给我起了个专用的名字——叫法克米！

-14-

Z 先生不小心把新买的包上的钥匙给弄丢了，在家找了半天都没找到，我劝他："找不着就甭找了，反正平时也用不着。"

Z 先生一边不停地翻柜子，一边认真地说：

"如果一开始没有那个钥匙也就罢了，但既然已经有了的东西，突然不见了，心里肯定不适应。就像你，如果不在我身边，我心里总是空落落的。"

-15-

我和 Z 先生带着小满遛弯儿，走着走着他突然指着别人家窗户上的窗花问我：

"你看那上面写的什么字？"

我随意扫了一眼，压根儿没过脑子，不假思索地脱口而出：

"两人旺财！？"

说完我才反应不对劲，再仔细一看的时候，旁边的 Z 先生已经笑得前仰后合：

“哈哈哈哈哈哈哈哈哈！你个彪子！那是‘人财两旺’……”

很好！新年初始，Z 先生已经成功抓住可以取笑我很长时间的把柄了！

我现在只想知道那几个字的顺序是谁排列的？！

-16-

去年的今天 Z 先生自己去亲戚家拜年，晚上我在家躺床上等他回来。

没多久 Z 先生醉醺醺地回到家，推开门扑倒在我身边，像个孩子似的跟我告状抱怨，我才知道他和亲戚闹了点别扭，我心疼地看着他，他突然翻身压住我，醉眼迷离地盯着我说：

“媳妇！这辈子除了你和孩子，任何人别想让我向他低头！”

我一直都以为 Z 先生天不怕地不怕，敢毫无顾忌地得罪全世界，这世上，没有谁值得他低三下四地求饶。

却没承想，我的出现、小满的出生改变了他的一贯特性，纵然他外表坚不可摧，内心也有不愿让外人触碰的一点。

而那最柔弱的一点就是我和孩子。

从此，我们成了他心底深处的软肋，他成了我们最坚实有力的盔甲。

-17-

恋爱时有次无意间跟Z先生说过自己不会包饺子。

Z先生故意吓唬我："那完了！我们东北儿媳妇必须得会包饺子。"

我一听担心得不行。

婚后我跟婆婆提起这事，婆婆笑着说：

"别听他瞎扯，没有那回事，不会包饺子没关系，我包给你吃。"

以至于现在我也没学会，不在婆家时，每次想吃饺子都是Z先生包给我吃。

-18-

Z先生对我肯定是真爱！刚才我在被窝里偷偷放了个屁，接着装作什么事都没发生淡定地玩手机，偏偏他这时转身朝向我，一边向我慢慢靠近，一边抱着我无奈地问："你是不是放萝卜屁了？好臭！"

我："……"

被感动了！屁那么臭，他都一直抱着我没松开手！这不是真爱是什么？！

-19-

我家小满要是男孩，长大肯定是标准的暖男。

看到我指甲上涂的红色指甲油，她没见过，以为破了流血了，立马凑过来捧起我的手指，噘起小嘴轻轻地吹一吹。

知道我爱吃糖葫芦外面那层糯米纸，每次吃糖葫芦，她都会用自己小小的手指，把裹在上面的糯米纸一点一点撕下来，塞我嘴里喂我吃……

高处的东西够不着，我踩着凳子往上爬，小满在一边看着我担心地说:“慢点！慢点！摔下来很疼的！”

这么暖的女儿上哪儿找?！

-20-

与其让对方知道你有多爱他，不如让对方知道你对他的崇拜与欣赏。

正因为如此，我对Z先生的夸赞永远多于表白。

虽然他从不看我写的东西，但只要有人夸他，我就会一字不落地说给他听，一来可以增强他的自信心，二来能够让他知道在我心目中他就是最棒的。

这样不仅有助于感情升华，更是培养一个完美爱人的绝妙方法。

-21-

刚才看到江直树说的一句话：

“湘琴好像永远都不知道我有多爱她。”

内心涌起一阵细微的感动，却突然觉得这句话好熟悉好熟悉。

猛然想起，Z 先生不止一次在喝醉之后也深情地对我说过类似的话：

“……W，你永远都不知道我有多爱你……”

我虽爱得热烈，却始终不敌 Z 先生爱得深沉。

-22-

有一次睡觉之前我刚洗了手，手特别凉不敢触碰身体，只好让 Z 先生帮我解开内衣扣。

Z 先生笨手笨脚解了半天都没解开，最后我急了：

“你这样的要是去当‘鸭子’，都得把女嫖客急死！那边早已欲火焚身、急不可待，你这儿解个内衣都解半天。”

Z 先生不服：“我这叫调情！”

-23-

婆婆省吃俭用一辈子，对自己很抠对我们却很大方，只要我想要的东西，她就会立马买一堆回来。

平时不在身边，总怕我零花钱不够花，有事没事就给我打钱，拦都拦不住。

还经常跟我说：

“趁年轻，该臭美就臭美、喜欢吃什么就多吃、想买什么就买，别委屈自己，不然到我这个岁数，连花钱购物的欲望都没了。”

-24-

Z 先生总结了我每天就算不吃饭、不睡觉也必须做的两件事——玩手机和抠脚。

我觉得他总结得非常客观！边玩手机边抠脚是我人生一大乐趣。

我对抠脚的热爱已经深入骨髓，这么说吧，如果啪啪啪和抠脚只能选一个，我会毫不犹豫地选择抠脚。

不能抠脚的人生是不完整的，包括我现在就是边抠脚边打字……

-25-

我睡眠质量特别好，基本挨床就着，雷打不动，羞耻的是我还经常打呼噜，且鼾声震天。

Z 先生和我恰恰相反，他睡觉很轻，有一点动静他就会醒。

自从认识我之后的很多个夜晚，Z 先生几乎都是忍受着我的鼾声入眠，哪怕我呼噜打得再响，也没改变他紧抱着我睡觉的习惯。

心疼 Z 先生，这么多年真是委屈他了。

认识他之后，我的所有缺点都变得不值一提，好的坏的，他都照单全收，没有怨言。

我不用假装乖巧讨好他，不用强迫自己去附和他，在面对他的时候，我可以尽情展现自己最真实的一面，丝毫不用担心他因为接受不了而逃离。

真挚的爱情不需要伪装，因为爱你的人，会让你肆无忌惮地做自己，哪怕你并不完美，缺点众多，他也会无视那些不重要的因素，心甘情愿地接受最真实的你。

而那些需要你费尽心思讨好的人，都不是值得你爱的人。

-26-

有次半夜和 Z 先生吵架，他气得摔门而出。

我以为他可能要一晚上都不回家了，只好悻悻地准备洗澡睡觉……

等我洗完澡走进卧室，发现 Z 先生不知道什么时候已经回到家，正坐在电脑桌前上网。见我进屋，好像刚才什么事都没有发生似的冲我傻笑。

我虽暗自高兴，却还是故意装出一副很生气的样子不搭理他，转身钻进被窝，却不知被什么东西硌了一下。

我疑惑地掀开被子一看，居然是一瓶我最爱喝的“××牛奶”（原来 Z 先生大半夜跑出去只是为了给我买牛奶喝，就算再怎么生气，他也不会忘记我的喜好，总是想尽办法给我意想不到的小惊喜）。

我拿着牛奶感动不已，却又哭笑不得，一时竟不知如何是好，Z 先生却在这个时候突然坏笑着向我扑了过来……

这让我想起以前在网上看到的一个故事：

一对情侣吵架，男的一怒之下摔门而去，女的怕出事，就趴窗上问：

“你去哪儿啊？”

男的怒道：“你管我去哪儿，我要是再回来我就是你孙子。”

十分钟后，男的拎着一兜子菜和零食在楼下按门铃：

“奶奶，开门。您孙子我回来了。”

每次看到这个故事都觉得又搞笑又暖心，故事虽短，却诠释了爱情最美的样子。

好的爱情不是不吵架，而是吵完架跑出门外，回来的时候还能带上满满一兜的菜。

-27-

不知道是因为 Z 先生的记性好，还是因为他对我的事都格外上心。

很多时候我不经意说过的某句话，他都深刻记在脑海里，包括我那些特殊的秉性习惯他都记得一清二楚。

有次和 Z 先生聊天，我随口嘟囔一句：

“最讨厌不洗脸就睡觉了，脸上黏糊糊的，好难受。”

没想到我只是随口一说，他却谨记于心。

后来有一天我到家很晚，困得实在受不了，衣服都懒得脱，澡也没有洗，直接倒床就睡。睡梦中迷迷糊糊地感觉到，Z 先生已经把我身上的衣服全部脱光，并且为我盖好了被子。

紧接着他又打来一盆热水，拧了把热毛巾，拿着毛巾轻轻地给我擦脸，一边擦脸一边像哄孩子似的温柔地对我说：

“好了！好了！马上洗完，洗完脸就不难受了，可以踏实地睡个好觉了……”

-28-

每次和 Z 先生通电话，小满都会特别欣喜地把手机抢走，两只小手轻轻地捧着手机，盯着屏幕一脸认真地咿咿呀呀地和她爸说话。

也不知道小满到底在说些什么，更不知道 Z 先生是否能够听得懂。

总之 Z 先生一直都非常配合地用着同样的“婴儿语言”，耐心地陪着小满聊天。

爷俩你一言我一语，互相咿呀应答，聊得不亦乐乎。

在一旁目睹这一切的我，虽然插不上话，却也满心温暖。

尽管 Z 先生不在身边，也能让小满感受到同样深刻的父爱。

其实最让我感动的是，不管 Z 先生和小满玩得多开心，他总会惦记着我的存在与感受。

哪怕每天小满和 Z 先生通 N 个电话，只要挂电话之前，Z 先生都会立马变成异常严肃的状态，认真地叮嘱小满：

“爸爸不在家，你要听妈妈的话！一定不准惹妈妈生气！”

小满哪能听得懂这些啊？！

对我而言，重要的只是Z先生的一句话，一颗心，这些微乎其微的小细节足以让我感动不已。

-29-

把小满哄睡，看着左右两边各自躺着自己深爱的人，内心不禁感叹人生真是太美好了……

侧过身往正在看书的Z先生怀里蹭了蹭，故作娇羞地撒娇问道：

“老公~你幸福吗？！”

Z先生眼皮都没抬一下，盯着书淡定地回答：

“我不姓福，我姓朱。”

身为一个资深的网瘾少妇，我居然忽略了这个万年哏！

-30-

Z先生在家休息，带娃做家务，我和闺密约好逛街吃饭。

在家捯饬一上午，出门时Z先生看着我，幽幽地问：

“你和陆（我闺密）打算去哪儿？去干啥啊？”

我故意调侃：“钓凯子去！”

Z 先生哈哈大笑，非常不屑：

“嗯！钓肯定能钓着，但是钓个什么样的就说不定了……”

很好！今天不钓个帅凯子我就不回家。

–31–

为了让 Z 先生和小满能够吃饱吃好、营养均衡，我做每顿饭真是煞费苦心。

晚上随便做了点家常菜，做饭的时候 Z 先生到厨房溜达了一圈，表现出五体投地的神情赞叹道：

“媳妇儿！娶到你就像……你是天上掉下来的馅饼，我在下面一口就咬住了！”

天蝎座老公的最大特点就是，说起情话也能说跑偏。

–32–

恋爱时我总跟 Z 先生撒娇：“真的好想给你生个宝宝。”

后来我如愿以偿地生了小满，每次看到爷俩儿开心地玩耍，看到 Z 先生宠溺地疼爱小满，恨不得把她放在手心里呵护，我就会觉得幸福又满足。

Z 先生曾经跟我说：

“你怀孕的时候，我就想过，只要你们母女平安健康，我愿少活十年。”

我很不喜欢听 Z 先生说这种话，因为我害怕有些话说着说着就实现了。

他想要的只是我和孩子平安健康，却不知道我想要的只是在他身边。

我希望时间过得慢点再慢点，让我细细感受这美好的恬静时光，陪小满长大，伴 Z 先生变老。

-33-

以前我和 Z 先生租的房子挨着一条火车道，但是夜里从来不过火车。

有天不知是怎么回事，半夜居然有火车经过，熟睡中的我被一声刺耳的鸣笛声给吵醒，还没来得及反应，却试到身边的 Z 先生从睡梦中惊醒，噌的一下坐起身，赶忙用双手捂住我的耳朵，等火车走远之后才慢慢松开手，躺在我身边抱住我接着睡……

这件事我至今都觉得特别暖心，因为人在睡着的时候呈现的是一种最放松的状态，意识松懈，思维混沌，反应能力也比平时慢几秒钟。

在这种情况下，Z 先生却能在第一时间起身捂住我的耳朵，说明他的潜意识里全是我。

纵然有个风吹草动，也会用尽全力保护我。

我想这就是爱一个人最大的奉献吧！

-34-

带小满在外面玩，有对夫妻带着宝宝跟我们一起（宝妈是中国人，很年轻，宝爸是老外，岁数有点大，头发白了一半），过一会儿我们要走了，没想到小满突然主动跑过去，特别懂事地冲那个老外说了句：“爷爷再见！”

我在一旁瞬间就蒙了，然后非常尴尬地跟他们道歉解释……

突然感觉娃太懂礼貌也不是件好事。

-35-

翻看 Z 先生六年前的照片，对比着瞅了瞅身边这个马上要奔三的老男人，不禁嫌弃地感叹：“你看你那会儿多年轻，现在越来越老了！”

Z 先生心酸回答：“可不是吗？！年轻时那些最宝贵的精华，全让你给榨干了……”

-36-

和 Z 先生坐在电脑桌前闲聊，他突然放下手中的鼠标转过身捏了捏我肚子上的游泳圈，略带羡慕地感叹：“我要是有你这身膘就好了，这样稍加锻炼就能变成肌肉。”

我厚着脸皮回应:“我要是有你这么瘦就好了，这样我穿什么都好看。”

有个比自己瘦的老公是什么体验?

他的衣服我穿不上，我的衣服他穿着肥……

–37–

这已经是第 N 次了—— Z 先生睡得正香，突然又迷迷糊糊地伸出胳膊，一个劲地把我往他怀里揽，有时揽不动干脆直接翻个身追过来抱着我，每次都被他抱得太紧热出一身汗，好想一把推开他，可又贪恋他怀中甜蜜的安全感。

然而整个过程 Z 先生都浑然不知且酣睡如泥……

以前我总觉得，爱一个人要招摇过市，要惊天动地，甚至死去活来，这样才能彰显爱情的意义。

可实际上，爱情不需要多么富丽堂皇的辞藻，多么惊心动魄的经历，爱情的最高境界是经得起平淡的流年，是在一起多年之后，每晚你还能拥着我入眠。

–38–

Z 先生去年给我买了件羽绒服，买回来之后我觉得款式很一般，丝毫没有 get 到好看的点，但是每次穿出去都会有人夸一句:

“你这衣服挺好看。”

今年我再穿的时候，站在镜子前看半天，惊叹道：

“嘿！这衣服是挺好看的哈！去年我怎么没发现？”

Z 先生鄙夷地说：

“我去年给你买的衣服，你今年才觉得好看，差了一年的时间，可见你这眼光永远跟不上啊！”

–39–

Z 先生的嘴特贱，经常故意调侃把我气半死，把我惹生气之后又赶紧过来哄我，见我不理他，就会盯着我，一脸认真地说：

“媳妇，我就喜欢看你生气的样子，连生气时都这么可爱！”

我没忍住扑哧一下笑出声，他又赶紧嬉皮笑脸地说：

“媳妇我错了，以后不气你了，你看你笑起来的样子多好看！”

–40–

和一位许久未见的朋友约饭，朋友开车过来接我们（一家三口），我上车之后环顾了一下四周，随口说了句：

“这车里的空间挺大啊，看来以后买车还得买空间大的，这样干点啥都够用了。”

Z 先生立马接茬儿：“咋了？你还想在车里干点啥？！”

朋友大笑：“哈哈哈哈哈！你俩行了！考虑下我这个单身狗的感受！”

-41-

最近突然意识到长期以来自己花钱太过大手大脚，因此陷入深深的自责当中，厚着脸皮惭愧地询问 Z 先生：

“老公，你会不会觉得我花钱太大，攒不住钱？”

“哪来那么多废话？！想买啥你就买，钱不是攒来的，而是赚来的！”

很好！我又多了一个买买买的理由！

-42-

怀孕的时候我想吃核桃，婆婆得知，便一大早跑到市场买了一麻袋的核桃回来。

知道我不吃生核桃，于是她每天早上一睡醒，就会坐在凳子上拿着小铁锤，挨个砸核桃，把砸好的核桃仁放在锅里炒熟，之后再把炒熟的核桃仁，装进一个个小小的密封袋里拿给我吃……

婆婆之所以不买现成核桃仁是因为怕别人做的不卫生，所以不辞辛苦地买回来亲自动手做。

我只知道婆婆对我好，却没承想她对我的好总是超出想象。

–43–

我和小满是幸运的，因为我有一位出色的丈夫，小满有一位优秀的爸爸。

如果问我这辈子最幸福、最值得的事是什么？

我会毫不犹豫地回答：“嫁给 Z 先生，并且为他生了小满这么乖巧的宝宝。”

爱情是心甘情愿为对方做出自己不可能做的事。

在遇见他之后，我对整个世界的看法都变了。

我不再特立独行，不再狂妄自大。

我做了很多曾经想都不敢想的决定，我的整个世界都为了他而改变，仿佛地球与星辰都能为他而旋转。

–44–

我们一家三口每天就这么聚在一起简单地吃点晚餐，做饭时他们父女俩就已坐在餐桌前等着了。

最近 Z 先生工作辛苦，所以做了玉米海带排骨汤，给他补补身子……

要么说天蝎男色情，我单纯地劝 Z 先生喝点汤补一补，他却说：“嗯！我好你也好。我补好了，再好好伺候你……”

-45-

Z 先生在用手机看一个不可描述的小视频，我在旁边听到手机发出的声音好奇地凑过身也要看，刚瞄了一眼，Z 先生就把手机转了过去，一本正经地对我说："什么你都看！小孩子不准看这些！"

我："……"

-46-

我很怕黑，也很依赖 Z 先生，他不在身边我夜里总睡不踏实。

一次 Z 先生多年未见的表哥到北京办事，顺便来看我们。

兄弟俩边喝边聊，畅快淋漓，后来时间太晚表哥要回酒店休息，送表哥出门时 Z 先生冲他笑了笑，特别爷们儿地说：

"本来想跟你一起去酒店接着喝的，但是 W 离不开我，她会害怕，我得在家陪着她。"

我后来才明白，两个人在一起，总有一个人要主动认同对方的习惯。

他的一切喜好、习惯都可以为你改变，随你附和。

知道你不喜欢熬夜，他就早早睡觉；

知道你不喜欢烟酒，他就为了你戒掉；

知道你怕黑，他就留在你身边让你依靠。

–47–

我发现有时候 Z 先生的嘴特别贫！

和一位好久未见的朋友约饭，朋友见到我就开玩笑说：

“哎呀～还真别说！你现在真是越来越有少妇的感觉了！”

我还在想着怎么回答呢，Z 先生就立马臭屁地接茬：

“可不是吗？我媳妇儿风韵十足，弄得我现在每天就想在家待着，哪儿都不想去。”

–48–

Z 先生对自己很抠门，却对我很大方。

我俩最穷的时候，他每天馒头就咸菜，任由我吃香喝辣的，每次我买什么好吃的东西，他都不舍得尝一口，为了省钱，断掉了很多他爱吃的东西。

后来有天我买了盒周黑鸭，吃到最后剩了两块给他，他就着馒头，吃得津津有味，边嚼边认真地说：“媳妇儿，这东西可真好吃……”

-49-

刚才婆婆给我打电话，闲聊几句之后，婆婆叮嘱我平时管着点Z先生，让他少喝点酒。

我借机告状:“他不听怎么办?”

婆婆:“不听你训他!”

我:“训也没有用，他不听我的。”

婆婆:“他敢!再不听你就揍他!看给他能的!这一天天还不知道咋的好了!”

-50-

可能是由于吹空调裸睡，加上频繁熬夜抵抗力差的原因，我这几天突然重感冒，今天总算好受点……

晚上睡觉前，Z先生刚爬上床看我又是裸睡，生气地训斥我不长记性，并且命令我穿上睡衣，我懒得起来找，就躺在床上不动弹，Z先生无奈，只好起身翻柜子找到我的衣服，扔在我身上，皱着眉催促我快点穿。

在盯着我穿完睡衣之后，他总算松了口气，安心地躺在小满身边，握着小满的小手一脸认真地说:

“宝宝等你长大以后要好好疼爱妈妈，孝敬妈妈，你妈每天照顾你真的太辛苦了。”

–51–

睡觉前因为一些小事和 Z 先生小吵一架，平时我们家睡觉都是我睡中间，今天因为吵架我赌气把小满放在中间睡，故意和 Z 先生隔开。

Z 先生上床之后开始哄我，挑逗我半天见我没反应，只好悻悻地躺到另一边，可能因为工作太累，躺下没一会儿他就睡着了。

刚才我和朋友手机聊天，正聊得热火朝天时，Z 先生突然醒来，用脚碰了碰我的腿，我以为他翻身不小心碰的，就没当回事，没想到他迷迷糊糊地说了句：“过来～让我抱抱。”

我吓了一跳：“大半夜的抱什么抱？”

Z 先生霸道地命令：“别废话！让你过来你就过来！快点过来让我抱抱！”

我在一旁偷笑，继续逗他：“睡你的觉，别有病啊……”

Z 先生撒娇嘟囔：“你就过来让我抱一抱吧！抱一抱你我就睡了！”……

于是我很无奈地爬到 Z 先生的身边，他试到我来了，便一把紧紧地搂住了我……

我很喜欢《夏洛特烦恼》里的一句台词：

“小两口儿在一起久了，别把仅有的那一点激情用在吵架上了！”

有的时候我和 Z 先生闹矛盾，只要想起这句话就什么脾气都没有了。

相遇容易，相爱不易，爱有很多种表达的方式，但婚姻只有一种延续的可能。

哪怕生活被柴米油盐包围，变得平淡乏味，也要不忘初心的相爱陪伴。

–52–

我和 Z 先生至今还未买房，因为工作原因，也没能跟父母生活在一起。

回老家过年的时候，我跟婆婆聊天，说以后买房了，稳定了，把他们也接过来。

我婆婆听后赶紧拒绝：

“不用不用！你们年轻人有自己的生活,你爸(公公)的脾气也不好，一起生活我怕会给你们添乱，你们顾好自己的家就行。”

我记得以前有人看我和婆婆关系特别好，总是说：“那是因为你们没有生活在一起。”

我承认“远了香，近了臭”这种情况确实存在，但我坚信它不会发生在我和婆婆之间。

因为我婆婆她是一个大度开明的人，性格随和善良，对待所有人都特别真诚，我和她在一起生活没有任何压力与不痛快，就算偶尔发生一些小矛盾，也能很快化解。

而且退一万步想，就算有些情况难以避免，但是婆婆从一开始自己就主动跟我们划清了界限——不跟我们一起住。

给我们的小家任意发展的空间，不干涉，不打扰，不制造麻烦，尽可能地让我们享受简单的婚姻生活，光是这一点就已经很难能可贵了。

我很感动也很感激，感动婆婆的一番良苦用心，感激上天赐予我一个这么好的婆婆。

上半生她对我的照顾关爱我都铭记于心，下半生换我对她尽一份好儿媳该尽的孝心。

-53-

Z 先生今天晚上和他的同事们聚餐，早上出门前我故意逗他：

“少喝点酒，别到时你们喝尽兴了，再有哪个妹子忍不住跟你吐露心声，告诉你：‘朱老师，我爱慕你很久了，能给我个机会吗？’”

Z 先生皱了皱眉：“我们公司每个人都知道我结婚有孩子了，我还给他们看过你和小满的照片，根本不给她们一丝幻想的机会。”

我听着心里高兴，嘴上接着调侃：“怕就怕有人知道你有家室还往你身上扑。”Z 先生哭笑不得，满足又骄傲地说：

“行了，大宝子！像我这样的，谁能看得上？也就只有你把我当成一块宝。”

–54–

和 Z 先生吵架，我委屈地给婆婆打电话告状。

（这是我第一次在我俩吵架之后给婆婆打电话。婆婆以前跟我说："如果他跟你发脾气你就打电话告诉我，我帮你出气。"）

婆婆在电话那头一边哄我一边骂 Z 先生，Z 先生正忙着做家务，听到婆婆责备，不解释也不反驳。挂了电话之后，我心想总算出了口气，跷着二郎腿一脸得意。

Z 先生一边拖地一边不服气地说：

"我都没稀得在我妈那儿把你的罪状说出来，你还反过来说我。"

我没搭理他，转身走进卧室，过了会儿收到婆婆发来的微信：

"维亚，别生气，都怪妈不好，没教育好孩子，让你受委屈了。Z 就是个驴脾气，你别和他一样，回头我骂他！你一定要好好吃饭、好好睡觉。"

看完之后我心里很不是滋味儿，觉得自己刚才的行为有点任性，让老太太远在千里多操心，我还在想该怎么回复，Z 先生的手机这时候也响了一下，他在客厅拖地没听见，我顺手一看，发现是婆婆发来的语音消息——还是很生气地责备他不该和我吵架。

语音刚听完，婆婆接着又发来一条文字信息：

"Z，维亚比你小，你呵护她还来不及，怎么忍心和她吵架？！……"

-55-

陪Z先生剪头发，剪完之后洗完头，发型师很认真地给他吹造型。

我站在一边，有点不耐烦地催促Z先生：

“马上就回家睡觉了，你又不去见谁，头发吹干就得了，别整造型了。”

Z先生笑了笑没说话……出了理发店，Z先生突然看着我贱贱说：

“我发型吹好看了，晚上伺候你性生活的时候，你看着也赏心悦目啊！”

我露出一脸“迷之微笑”，不屑地回答：

“亲爱的老公，你想多了，发型再帅也没用，反正关了灯全都一个样。”

-56-

还有六天是我的生日，我自己都没想起来，婆婆却打电话告诉我，她给我打了钱，让我自己买礼物。

因为不知道我喜欢什么，所以直接打钱给我，我想要什么东西自己买。

说实话我虽然感动，但一点都不惊讶。

因为从我和Z先生在一起的第一年开始，每年过生日，婆婆都会提前给我钱买礼物，我不要她还会生气，我也只好厚着脸皮，难为情地收下了。

重要的是，我和 Z 先生订婚之前婆婆根本没有见过我本人，只是通过 QQ 视频见过我几次，对我不了解，更不清楚我这个儿媳妇是否讨她欢心。

尽管如此，也不妨碍她处处为我着想，什么事情都惦记着我。

虽然在很多人看来，过生日爸妈给钱买礼物很正常，但对我来说还是非常感动的。

因为认识 Z 先生之前我很少认真地过过生日，认识他之后他们一家人对我的大小事都格外重视。

何况我现在年龄也不小了，过不过生日都无所谓，但是婆婆却一直把这事儿放在心上。

我想不管换作是谁，都会觉得特别暖心吧？

对我来说过不过生日不重要、有没有礼物也不重要、给不给钱更不重要，重要的是婆婆的一份心，毕竟她只是婆婆，却一直像亲妈一样疼爱我。

感激上苍赐予的一切，知足！感恩！

–57–

我和 Z 先生没在一起之前，有个同事经常拿我俩打趣，有天她开玩笑地说：

“你要是跟 Z 在一起，那你俩生的孩子肯定特好看！”

我一听心里乐坏了，毫不掩饰地自恋回答：“我觉得也是！”

恋爱时我跟 Z 先生提起这件事，他听完之后一脸得意：

“嘿！敢情你和我在一起之前就开始打我主意了，连跟我生孩子都想好了，我就有那么大魅力让你着迷吗？”

我故作矜持地白了他一眼没有反驳，虽然说起来很难为情，但事实真就如此，那时的我，只是看了他一眼，就连以后该如何相夫教子都想好了。

我曾看过一句话：

“人的一生会遇到 2920 万人，而两人相爱的概率却只有 0.000049。”

此前我总觉得相爱是件非常简单的事情，看到这句话我才明白，素不相识的两个人，互相产生情愫的概率居然这么低。

而我却在这仅有的渺小概率中，轻松遇见了可以共度一生的人。这是一件多么幸运的事。

后来我如愿以偿地为他生了个孩子，每每看到小满可爱的脸庞，就会想起以前同事跟我说的话，然后不禁感叹：

“看来同事当时说的话还真应验了。”

Z 先生倒是非常自信地把这个功劳归于自己：

“你得亏找了个我这样的，要是跟别人生，指不定孩子长什么样呢！”

我没好意思泼他冷水，身边的亲朋好友都说小满长得比较像我，明明是我的基因比他好，要不然谁给他生这么可爱的女儿。

–58–

每天快到 Z 先生下班的时间点，我都会带着小满到地铁站的出口等着他，然后我们一家三口一起回家。

今天偷懒没做饭，看见 Z 先生从地铁站出来，我跟他撒娇："老公，我今天不想做饭了。"

Z 先生伸出一条胳膊搭在我的肩上，把我揽过去痛快地说："没事儿，哥带你下馆子！想吃啥？咱现在去吃！"

我想了想决定吃必胜客，Z 先生一把抱起小满："走！咱们陪妈妈吃好吃的去！"

Z 先生最让我感动的一点是，他从来不觉得洗衣做饭、打扫卫生之类的事情是我的职责。

哪怕我现在没法上班，在家做全职妈妈，他也不会把我当作保姆使唤。

我不想做饭，他就带我出去吃；我懒得洗衣服，他帮我洗；我来不及收拾屋子、打扫卫生，他下班回家替我做。

Z 先生对我的要求只有两点：

一是照顾并教育好小满；二是用空闲时间做有意义的事。

我只需要做到这些，把这些做好就足够了，其他的什么事儿都不用我管，他会把一切都处理好。

–59–

看微博有个妹子说，发现我们一家三口出去吃饭时坐的位置和别人不同，我想说观察得好仔细。

不瞒你们说，从小满出生到现在，我们一家三口吃饭的时候，她几乎都和 Z 先生坐在一起，由 Z 先生照顾着。

小满小的时候 Z 先生都是一手抱着一手吃饭，后来小满长大，能坐能跑了，他就先看着小满，陪小满玩，给小满喂饭，阻止小满淘气捣乱，等我吃饱吃好以后把小满抱过来，他才赶紧接着呼啦呼啦地大口吃。

在家这样，在外面更是如此，哪怕和朋友们约饭，他的哥们儿都在那儿催促，让他先别管孩子，一起喝酒，他都主动跟朋友解释：“等会儿，让我媳妇儿先吃，等我媳妇儿吃完了，咱们再好好喝。”

我吃饭很慢，有好吃的东西时，我吃得就更慢了，Z 先生就算等着跟朋友喝酒也不会催促我，一边照顾小满，一边看着吃得满嘴流油的我，一点也不着急。

我不知道他的哥们儿每次见到这种情景怎么想，但是我身边的朋友，只要见过 Z 先生这些举动的，都跟我小小赞赏了一番。

对于一个吃货来说，世界上最幸福的事，莫过于有个你深爱并且深爱你的人，惯着你吃、惯着你喝，不管什么时候，先让你吃好喝足，把你喂得饱饱的，让你对于“吃”这方面，永远有着满足感。

-60-

陪 Z 先生第 N 次看《阿甘正传》——这是他最喜欢的一部电影。

当看到珍妮穿越万千人海和阿甘热烈相拥，我不禁感慨：

“好感动！有哪个女人不想在万人瞩目的情况下和自己相爱的人拥吻！”

话还没说完，Z 先生打断我：

“不！这时候珍妮还没有爱上阿甘。”

我很无奈，但还是耐心解释：

“你看了这么多遍都没有看懂？珍妮从小就喜欢阿甘，长大以后，这种喜欢早就变成了深爱，只不过她不愿意承认，因为她内心觉得自己配不上阿甘，所以才总是逃跑，总是远离，其实她一直都在逃避自己的内心，不敢面对她爱阿甘的事实。”

Z 先生愣了一下，笑道：

“我懂！就像咱俩没在一起之前，你对我的那种感情。”

我：“……”

-61-

好不容易把小满哄睡，我赶紧起床穿衣写稿，Z 先生却一把按住我：

“你别动！”

我推开他疑惑地问：“你干啥啊！我还要写稿去呢！”

Z 先生把头埋在我的胸前，死死地抱住我不肯撒手：

“那你把我哄睡着之后再去写！”

……

在外人看来，Z 先生是一个成熟稳重，一丝不苟的人，只有我知道他内心深处藏着一个渴望被关爱的幼稚小男孩，而这个小男孩只有我能看得到。

他会跟我撒娇，胡闹，用小孩子的表达方式发泄自己的情绪，从我这里得到一些不一样的关怀与疼爱，想方设法让我哄着他。

每个男人都是个长不大的小孩，男人在你面前表现得越成熟，就说明他和你的距离越远，因为他的孩子气只会暴露给最爱最信任的人看。

-62-

Z 先生下班一回家就跟我臭嘚瑟：“我们同事说我是公司男性中的颜值担当。”

我毫不留情地揭穿：“可不是嘛！你们公司加上你，一共就俩男人。”

-63-

婆婆是个地地道道的农村妇女，在我生小满之前，她甚至都没有出过老家的县城。

不得不说的是，她虽然在农村生活长大，但思想境界颇高，那些封建思想和陋习她一点不沾边。

我生小满的时候，赶在我和Z先生创业初期，资金比较紧张，所以我压根儿没想请月嫂的事儿。

婆婆以前从未踏足过大城市，对月嫂一无所知，自然不懂这些，Z先生倒是有这个想法，但是被我妈果断制止了。

我妈觉得请月嫂没必要，还浪费钱，家人的照顾一样好，所以这事儿就这么掀过去了。

后来我生完小满，月子坐得也很成功，加上我心大，这事儿压根儿也没放心上，所以从来没跟人提起过。

后来有次我和婆婆聊天，不知道怎么聊到这件事情上了，我还记得我婆婆当时特别愧疚地跟我说：

“我这以前也没去过大城市，啥都不懂，以为和我们那时一样，坐月子都是家里人照顾，后来你远房的一个表舅妈生孩子，请了个月嫂，月子里啥都给弄好好的，我就羡慕啊，一想到你生孩子啥都没给弄就觉得特别对不起你！如果你要二胎，生二胎的时候说啥也得给你请个月嫂。”

我笑着说：“没事儿！请不请都一样，而且请一个好的月嫂得花不少钱呢！”

婆婆立马认真地说：“那哪能一样啊？！月嫂照顾还是周到，不然怎么会有这种职业？就算贵能贵哪儿去？要是生二胎，再贵我也给你找！”

–64–

Z 先生加班修图，我坐他旁边，看到照片上的化妆师长得还不错，不禁赞叹：

“这女孩长得真好看。”

Z 先生撇了撇嘴：“没觉得。”

我一听，来了兴致，赶紧追问：

“那你工作这些年有没有遇到过特别好看的化妆师？”

“没有……哦！不对，有一个！”

“谁啊？有多漂亮？”

“人送绰号‘小贵妃’。”

“‘小贵妃’？她很胖吗？”

“不胖。”

“那为什么要叫小贵妃？”

“她身材比较圆润，是我这么多年见过的最好看的化妆师。”

我没再说话，只是琢磨这人到底长得有多好看，值得 Z 先生这么夸她？！

Z 先生看着满脸醋意的我，忍俊不禁：

“傻样～别想了！除了你还能有谁！？”

-65-

把小满哄睡之后，我起床处理些事情，处理完之后，时间已经接近凌晨。

悄悄走进卧室，看见 Z 先生和小满睡得正香，我在电脑前坐了两三个钟头，腿脚早已冻得冰凉……

掀开被子刚躺下，Z 先生感觉到我来了，迷迷糊糊地伸出胳膊一把圈住我，并把我搂在他的怀里，试到我腿脚冰凉便把我的脚往他腿缝里塞，好给我取暖。

……

想起以前我俩住地下室的时候，冬天没有暖气，我俩的被子又薄得可怜，每天晚上睡觉的时候都是相互抱着取暖。

睡觉之前我会先睡在外边，用自己的体温帮他把床铺暖热，等他过来之后我再挪到里边，把暖和的那边让给他，这样他洗完澡上床就能睡到暖和的被窝。

睡觉的时候我脚凉，他就把我的两只脚抱着，搭在他的腿上，这么一搭就是一宿，导致第二天早上睡醒他腿麻得动弹不得。

后来买了个电热毯，我俩总算好过些，可没用几天电热毯坏了，只能热半边，于是 Z 先生每天晚上就睡不热的那半边，把能正常加热的那边让给我睡。

……

在一起这么多年，Z 先生对我的那些小细节真是一点都没变。

我有点小感动，在他耳边轻声说了句：“老公我好爱你。”

他拍了拍我的肩膀，把我搂得更紧了。

我俩搂着睡了两分钟，我热得一身汗，只好挣脱他的手臂躲到一边凉快凉快。

我习惯性地摸了摸枕头底下，突然察觉手机不见了，起来一看发现手机在梳妆台上放着充电呢。

一看就知道肯定是 Z 先生怕我手机没电，所以默默地帮我手机插上了充电器。

对此我已经见怪不怪了，因为这是他日常生活中必做的事情之一。

想来也无厘头，Z 先生特别讨厌我玩手机，因为我玩手机上瘾，总是耽误正事，这点让他非常反感。他说我，我不听，我俩没少因此吵架。

导致现在他在我身边的时候，我都不太敢玩了，怕他骂我，更怕他生气伤身。

可重点是，他既然这么讨厌我玩手机，应该巴不得我手机没电玩不了才好，可他恰恰相反，还总是主动帮我手机充上电，这点让我很捉摸不透，不得不感叹他真是个名副其实的矛盾体。

Z 先生很体贴，也特别能为别人着想。

以前恋爱那会儿，每晚睡前我都会用手机定上闹钟，再把手机放在远处充电（我总感觉手机充电时辐射比较大，离得近对身体不好）。

因为手机放得太远，早上闹钟响了之后，我不能第一时间伸手关掉，而是需要起床走几步之后再关闹钟……

这么一来肯定休息不好，Z 先生怕我太麻烦，为了让我多睡几分钟，于是每天早上在闹钟响的前几分钟，会悄悄起床把手机拿到我枕头边，然后再接着睡。

这样一来，我伸手就能直接关掉，还避免了充电时伤害身体……

如果问我 Z 先生最大的优点是什么，我肯定毫不犹豫地回答：

他很细心，能够注意到每个不易察觉的小细节，默默付出，考虑周全，疼我、宠我、照顾我，还能做得面面俱到。

-66-

好想打死 Z 先生！今天肚子疼没做饭，Z 先生说带我吃鱼头泡饼，上菜之后，我一看那菜盆比我脸还大，瞬间惊呆了：“我天！好大一盆啊！”

服务员尴尬地笑了笑没说话，Z 先生赶紧故作深沉地对服务员说：

“不好意思啊！糟糠之妻没见过世面，让你们见笑了。”

呵呵！要不是怕浪费，我真想把他脑袋按在菜盆里。

-67-

Z 先生是个极其富有爱心的人，对一切美好的事物都保持着浓厚的兴趣——喜欢养些花草宠物之类的小玩意儿。

我俩恋爱那会儿他就痴迷于养金鱼和乌龟，那时我们租的房子本来就小，两人住都觉得挤，他还非要在家里放置一个大鱼缸用来养鱼。

而且每搬一次家，都要把他的金鱼和鱼缸带着。

他养得最久的是一只小乌龟，到现在已经养了四年多。

去年发生一些变故，我俩回老家待了段时间，Z 先生舍不得他的乌龟，长途跋涉地将小乌龟也一并带了回去（现在一直在东北由公公婆婆养着）。

Z 先生对他的宠物可真上心，没事儿就打个电话询问一下乌龟的情况，生怕家人怠慢了它。

听婆婆说，他第一次出远门去山东，回来的时候什么重要东西都没带，却带了一堆小动物回来，有小鸟、乌龟、小狗、金鱼……

因为下火车还要走很远的路，他带的东西太多不好拿，只好打电话让婆婆去接他，于是婆婆就骑着二八自行车，骑了好几里地，帮他把动物接回了家。

那时家里养的还有其他家禽，Z 先生的宠物接回家之后，家里每天鸡飞狗跳，不得安宁。

他对自己的宠物护得紧，谁都不让碰，看到家里乱成一团，婆婆虽然生气却也无可奈何。

后来婆婆跟我讲起这个事儿的时候还哭笑不得，我听着虽然搞笑，但联想到 Z 先生一个人千里迢迢地扛着大包小包，坐几十个小时的火车，还能把动物安然无恙地带回家，竟也觉得他这个东北汉子有点萌。

近一年 Z 先生工作繁忙，没有时间精力再养宠物，所以家里现在什么都没养，不过他还是没事儿就念叨着是不是该养点东西？！

其实这点我真的不如 Z 先生，我也喜欢动物，每次看到别人的萌宠，都恨不得跑上去轻抚逗乐一会儿，但是如果让我养，我真的心有余而力不足啊……

所以每次看到 Z 先生那么热情细心地对待宠物，我都打心眼儿里佩服他！

这不，Z 先生外出工作的时候看到客户家养了只鹦鹉（会说话的那种），特别喜欢，回来之后吵吵着也想养一只。

考虑到那种鹦鹉价格不菲，加上屋里空间小，我还有小满要照顾，实在没心养宠物，于是毫不留情地制止：

“你可拉倒吧！还养鹦鹉呢！我看你养王八还差不多！”

Z 先生想了想，嘿嘿一乐：

“王八我有了，我现在就想养鹦鹉！”

–68–

Z 先生最近一段时间在看车，他最喜欢的那款车，款式新颖拉风，价位也还行，但实用性跟同等价位的 SUV 比起来要差一些。

他问我的意见，我回答：“我对车不懂，你觉得好就行。”

Z 先生看着网页上的详细信息，突然感慨：

“我觉得买车和娶媳妇的道理一样，买车就得买自己喜欢的，什么空间大小、舒适程度都是次要的，要只是追求这些，买个金杯车就行，还便宜又宽敞。

“娶媳妇也一样，媳妇是用来疼的，所以得娶一个自己喜欢的，和心爱的人结婚生活。如果娶媳妇儿是为了让她给你洗衣做饭打扫干活什么的，那你请个保姆养头牛得了呗，保姆收拾得干净还利索，牛干的活多还不嫌累。”

Z 先生你能有此感悟，我真的觉得非常欣慰。

-69-

我在网上买了几件衣服，到货后穿给 Z 先生看，他皱着眉头严肃地说：

“又是在哪家买的便宜货？没有一件好看的！跟你说过多少回，买衣服就买正规牌子，别老贪小便宜，在网上淘一堆破烂玩意儿，我说话你就是不听！”

我撇了撇嘴：

“可是这衣服很便宜，款式也好看。”

“便宜有啥用？穿在身上一点不显好，退了你再去花几倍的价钱买一件好的，我也不要你凑合穿这件便宜又难看的。”

“我这不是想给你省钱吗？”

“这能值多少钱，我用得着你帮我省？”

“是没多少，但能省一点是一点嘛。”

“该花就花，你花得多，我赚得多。你越是使劲消费，我越有动力赚更多的钱。”

等等！Z 先生，让我缓缓！

虽然这脑回路好像不太对，但仔细想想还真就这么回事儿……

-70-

Z 先生早上穿着我俩结婚时的那件西装，参加他们公司的年会（公司要求员工必须穿正装）。

晚上回来的时候他有点喝高了，一进屋就抱着我和小满腻歪。

小满看见她爸穿西装有点诧异，好奇地问：“爸爸！你穿的是什么衣服啊？”

Z 先生笑着回答：

“这是我和你妈妈结婚时穿的衣服，是爸爸这辈子最美的一套衣服。”

-71-

他和同事聚餐。刚刚到家，九点半的时候我给他打电话，叮嘱他少喝点酒，他特别听话地当着同事面冲着电话大声说：

“宝贝，老公知道了，老公一定少喝！”

看他这样，我就知道我话说晚了，他已经喝多了，我有些生气：“你又喝多了，别叫我宝贝！我不是你宝贝！”

他不服气：“谁说我喝多了！我没喝多！你本来就是我宝贝，我当然要叫你宝贝。”

我哭笑不得，挂了电话，给小满洗澡哄睡做家务，事情还没忙完就已经凌晨十二点了，可是他还没有回家。

我赶紧又给他打了个电话，谁知他手机关机，电话死活打不进去。

我开始紧张起来，握着手机焦急地等待，坐立难安……

等了十多分钟还是没有听到门外有任何动静，我脑海里开始不自觉地幻想各种不好的情况，越想心里越乱，于是我翻遍通信录，找到他平时关系比较好的几个朋友，想让他们帮忙看看能不能联系上他。

可能因为时间太晚，问了好几个人，只有一个朋友回复，朋友听我说明情况，帮我出主意安慰我……

我在家里一边想办法联系他，一边急得直哭，那一刻的无助感让我特别绝望，从来没有过那种感觉，整颗心都被揪了起来。

脑子里乱成一锅粥，越是担心越是胡思乱想。

这么晚没有回家，以我对他的了解，他不会做什么出格的事，但很难保证不会出一些别的意外。

我边哭边用手机和朋友沟通想对策，突然听到门外传来特别重的脚步声，我的心瞬间落下一半，为保险起见，我还是问了句：“谁啊！”

听到他的声音，确定是他回来了，我总算安心，赶紧给他开门。

他进屋之后，我又生气又开心，看着站都站不稳的他哭得更狠了，他被我的反应吓得不知所措，愣了几秒钟之后，赶紧用两只手捧住我的脸，吻了吻我的嘴，一个劲儿地问："宝宝你怎么了？宝宝你怎么了？"

我边哭边回答："你知不知道我联系不上你都快吓死了，我好担心你。"

他抱住我一字一顿地解释：

"对不起，宝宝对不起，老公手机没电了，老公没有提前通知你，是老公的错。宝宝对不起。老公下次再也不喝这么多了。"

……

折腾半天，我终于能够安心睡下，他洗完澡踉踉跄跄地摔倒在床上，躺在我身边抱住我，不停地道歉：

"宝宝对不起，老公错了。宝宝对不起。以后老公一定乖乖听你话，老公爱你，爱你，我爱你啊……"

我把他手拿开："喝这么多酒还知道回家。"

他再次把手圈过来抱住我，小声地嘟囔：

"必须回家，喝再多我也得回家，哪儿我都不去，我都要回家，我就这么一个家，有你的家。"

……

或许因为酒精麻痹的缘故，他现在睡得特别沉。

我那会儿虽然着急，但是看到他平安回家我也总算宽心了。

明天早上他肯定不会记得今晚发生的这些事情，更不会记得他说过的每句话，就算他记得，也绝对不会当着我的面承认。

他总是这样，大我五岁、成熟稳重的男人，却总在喝醉之后，立马变成爱撒娇、爱吃醋，让我生气又怜爱的小男孩，或许这才是他内心最真实、最柔软的一面。

【后记】

Z 先生问我写这本书的意义是什么。

我想了想，很认真地回答：

“等小满长大问我们怎么在一起的，我就把这本书拿给她看！喏～这里记载了我和你爸在一起的那些年！从相遇到恋爱到结婚到你出生，都写得清清楚楚！自己去看吧！”

Z 先生意味深长地笑了一下，没再说话……

说实话，我只是想通过这本书，单纯写下我和 Z 先生在一起这些年发生的点点滴滴，把我们的共同经历完整、真实地记录下来。

不去编造跌宕起伏的情节，也没有绚烂华丽的辞藻修饰，等到我们七老八十什么都记不住的时候，再翻出来看看，能被年轻时的付出与激情感动。

我很庆幸自己在最早的年纪成功地完成了人生中重要的几件大事：

暗恋的人刚好也喜欢我；

嫁给了最心爱最想嫁给的人；

生了一个聪明伶俐的可爱宝宝；

公公婆婆待我如亲生女儿；

双方家庭坦诚相待，和睦融洽；

拥有三个贴心体己的好闺密。

这是上天给我的恩赐，对这来之不易的一切我倍加珍惜。

我和 Z 先生的感情很好地诠释了什么叫缘分，就好像我遇到他之前，总是幻想他何种模样。

他或许戴着眼镜文质彬彬，说起话来慢声细语；

他或许是个阳光向上的大男孩，擅长各种运动，得过很多奖；

他或许有些微胖，一笑就看不见眼睛，但会做很多很多好吃的东西。

然而当我遇见 Z 先生之后，才发现之前的所有幻想全部变成泡影，他不符合我脑海中的设定，可我的心里从此全是他的身影。

所谓“情不知所起，一往而深”大概就是这样吧。

Z 先生以前总夸我：“家有贤妻夫不遭横祸。”

其实我很清楚是他成就了如今的我，而我只有努力让自己变得更好，才配得上他长久以来的付出。

越是浮躁的社会，孕育出来的爱情越显珍稀。

爱情的种类有很多，能够促使两人共同进步的爱情才最难能可贵。

我明白我们想要的是什么样的未来，能够把握好感情的夫妻才能风雨同舟地走下去。

一辈子很长，我们会紧握对方的手，看遍风花雪月，走过颠沛流离，在漫长的岁月里，相偎相依，白首不离。

或许现在的你还是一个人吃饭、一个人睡觉、一个人走路、一个人看电影，但是不要心急，不要放弃，良人终会出现，爱情迟早会来。

希望你可以通过这本书得到些许温暖和感动。

愿你有爱人眷顾，安乐无忧；

愿你的真心付出皆有深情回报；

愿你此生温暖生活，平安喜乐。

这一生，总会有那么一个人，知你冷暖，懂你悲欢，请你相信，你想要的温柔以待、刻骨铭心，岁月它都会给你。